無用のオメガは代わりもできない

CROSS NOVELS

栗城 偲
NOVEL:Shinobu Kuriki

野木 薫
NOVEL:Kaoru Nogi

CROSS NOVELS

CONTENTS

CROSS NOVELS

CONTENTS

無用のオメガは代わりもできない

CROSS NOVELS

有性生殖を行う生物のうち、ヒトにのみ「第二の性」――アルファ・ベータ・オメガと呼ばれる分類が存在する。この世の人口はほぼベータで占められており、アルファとオメガは人口の約一割弱程度といわれている。

第二の性の特筆すべき違いは、アルファはベータやオメガよりも身体能力や才気に優れていること。またオメガはアルファやベータよりも小柄で劣るといわれているが、儚《はかな》げで美しい容姿の者が多く、第一の分類が男性の場合であっても雌性の生殖器官を持っており出産が可能である、ということが挙げられる。

よってアルファとオメガに限っては同性の婚姻が可能であり、また一部ではそれを好まれる傾向にある。オメガのほうがアルファやベータよりも、アルファの子を孕《はら》みやすいとされているからだ。

二次性徴の際に、オメガは初めての「発情期」を迎える。個人差はあるが、ほぼ一ヶ月周期で約一週間続く発情期は「繁殖期」とも呼ばれ、通常よりも孕みやすい。

オメガの特性はもうひとつ、アルファに首を噛《か》まれるとそのアルファ以外の人間と生殖行動がとりにくくなることが挙げられる。これを俗に「番契約《つがい》」と呼び、その二人は「番」と呼ばれる。オメガの「発情期」はアルファの性欲の亢進《こうしん》を促すとともに、オメガの項《うなじ》を噛むことに固執《こしゅう》する行動をとらせる――つまり番契約を促す。

そのため、オメガは無闇な契約をせぬよう二次性徴を迎える歳になると「首輪」を嵌《は》めるようになる。そうして、婚姻関係、あるいは番になると決めた相手の前でだけ、首輪を外すのだ。

光差す式場で、真っ白な婚礼の衣装を身にまとった弟の弐湖《にこ》は、とても綺麗に微笑《ほほえ》みを浮かべている。彼の細い首には新郎に噛まれた痕があり、その上には、婚礼用の豪奢な布が誇らしげに結ばれていた。

この世の幸福を全て集めたかのような様子で、けれど時折感極まって涙ぐむ。傍《かたわ》らに寄り添う漣《れん》の幼馴染みが、そんな弟の目元を愛おしそうに拭《ぬぐ》っていた。

新郎である彼——那淡《なたん》は、つい数ヶ月前まで、漣の夫となるはずだった。

彼の両親が漣の父の友人だった関係で、幼い頃に婚約していたが、那淡が選んだのは漣ではなく弐湖だったということだ。

——弟の腹には、大事な跡取りがいるし。

漣の育ったこの山間の町は幾つもの旅籠《はたご》が建ち並ぶ宿場町で、那淡の家はその中で数百年続く名主の家系であり、有力者が宿場に立ち寄った際の宿泊場所である本陣でありながら、旅籠、問屋《といや》なども運営する裕福な家である。

オメガの幼妻は、既にその腹に那淡の子を宿していた。二重の喜びに包まれた式は、この地域の名主の息子の結婚ということを差し引いても盛大だ。

式場の外に来賓《らいひん》とともに出ると、庭は既に披露宴の会場として整っている。幸せの渦中にいる弐湖は、退場しようとしていた漣を見つけて手を振った。

「兄さん！　こっちに来て！」

天真爛漫《てんしんらんまん》な弟は、傍らの夫や周囲の人々の空気にも気づかずに笑顔で漣を呼ぶ。漣は気まずい思いを抱えながらもどうにか微笑み、足を向けた。

弟たちの前に跪《ひざまず》くと、鼻先にずいと花束を突きつけられる。弟は漣の肩に触れた。それがひどく重く感じて、もっと深く頭を下げる格好になる。

「兄さん、今までありがとう。俺、幸せになるから」

幸せに満ちた様子で、弐湖が目を潤《うる》ませた。

「次は兄さんが幸せになって」

そう言って微笑んだ弐湖を、那淡は庇《かば》うように抱き寄せ、こちらを睨みつけてきた。

——俺が嫉妬《しっと》して、弟のおなかの子に害をなすとでも思ったのかな。

残念ながら、漣は彼らに対して良くも悪くもそこまでの熱意は持ち合わせていない。怒りもない。悲しみも湧《わ》いてこない。今はただ、空虚な気持ちがあるばかりだ。

そういう無気力で可愛げのないところが、自分は駄目だったのかもしれない。

——「お前は一人でも生きていけるけど、弐湖は俺が守ってあげないと」って言ってたものね。

この狭い町で、長たる名主の息子から婚約破棄され、二十歳《はたち》になってしまったオメガがどうやって独りで生きていけるというのか。

結局那淡も弐湖も、世間をよく知らないのだ。そして、漣のことも。

そう思ったらなにもかも馬鹿馬鹿しくなった。だからこそ婚約を解消すると宣言されたとき、そうですか、わかりました、と答えたら、

「お前は本当に冷徹な人間だ。人の心がないのか」

と、詰《なじ》られた。一体どう言えば彼は満足したのだろう。

そんな遣り取りをしたのはほんの数ヶ月前だったが、もっと昔のことのような気もするし、つい昨日のことだったような気もする。

ぼんやりと元婚約者の顔を眺めていたら、鋭く睨《ね》めつけられた。

「……弐湖、あまり近づくな。なにをされるかわからない」

警戒した様子を崩さない夫に、弐湖は「いいんだ、平気だよ」と頭を振る。那淡は弐湖を見つめて「弐湖は優しいな」と笑って口付けた。

彼らを囲む招待客たちが、囃《はや》し立てるような声をあげる。それと同時に好奇や侮蔑《ぶべつ》、憐憫《れんびん》のようなものを含む視線が、この身にちくちくと刺さってくるのを感じた。

早くこの場から立ち去ろうと、漣は若い夫婦に対し、再び深々と頭を下げる。

「この度は、おめでとうございます。どうぞお幸せに」

これは一応本心だったが、頭上から那淡のものと思われる舌打ちが落ちてくる。

——どうして、こんなに嫌われたんだろう。

幼い頃はそれなりに仲良くしていた気がする。お前は俺の奥さんになるんだから、と那淡には何度

も言われていた。

身を焦がすような恋愛感情を持っていたわけではない。けれど、自分なりに那淡に対しては愛情を持っていたつもりだった。それなのに気づけば鬱陶《うっとう》しがられるようになり、いつからか完全に嫌われてしまった。

――確かに、俺には弐湖みたいな可愛らしさはないから、しょうがないのかな。

妻になるための仕事は色々したけれど、恋人らしいことをした記憶は一切ない。それが、よくなかったのかもしれない。漣が元婚約者の家業を本格的に手伝い始めてから、会話は殆《ほとん》どなくなっていたのだ。

彼の弱音を聞いたことがないどころか、仕事以外でまともに会話をした覚えは、この数年間で一度もなかったかもしれない。

自業自得でもあるのだろうな。――そう納得するしか、漣にできることはなかった。

お前は冷たい。お前には情がない。

幾度か言われた言葉に、反論もできない。

だって、こんな状況に陥ってさえ、涙も出ないのだ。

元婚約者の態度に少しだけ惨《みじ》めな気持ちになったものの、どうにか笑みの表情を取り繕ったまま立ち上がり、踵《きびす》を返した。漣は「新婦の唯一の家族」だったが、同時に「婚約者を略奪された」立場でもある。ここは大人しく引き下がるのが定石《じょうせき》だろう。祝いの席で噂話《うわさばなし》の種がこれ以上居座るのも体裁が悪いに違いない。

人目を避けるように式場を出たところで、那淡の母親が追いかけてきた。

「――漣！」

「奥様」

いつものように、すぐさま跪く。

ほんの少し切らした息を整えて、彼女は唇《くちびる》を引き結んだ。いつもは舌鋒《ぜっぽう》の鋭い人なのに、漣にどう声をかけるべきか躊躇《ちゅうちょ》している様子だ。だから、漣のほうから口を開いた。

「奥様、長い間お世話になりました。ここまで育てて頂き、本当に感謝してもしきれません」

名主の妻であり、家業を取り仕切る彼女には、小さな頃から世話になっていた。オメガである漣が、ベータでもあまりできない読み書きが堪能で、計算もできるようになったのは外でもない彼女のおかげだ。二年ほど前からは旅籠や問屋の仕事をだいぶ任せてもらえるようになっていた。

それは漣が彼女の息子の連れ合いとなるはずだったという事情が多分に含まれていて、結局教えてもらったことが無駄となってしまったのが今はただ申し訳ない。

「それと、この度はおめでとうございます。……報いることができず、申し訳ありませんでした」

「漣……あたしは本当に、あんたを嫁にもらうつもりだったんだよ」

漣の両親は、漣が十五歳の年に事故で他界した。ベータの父は働き者の行商人だったが、隣町から荷物を運んでくる際に落石に巻き込まれ、その命を落としたのだ。買い物がしたいからと珍しくついていった母親も、巻き添えになった。

「それにあの二人は、『運命の番』らしいですから」

那淡の母は思い切り顔を顰《しか》めた。

「馬鹿馬鹿しい」

「運命の番」は、アルファとオメガを取り巻く迷信のひとつである。

双方が同時に相手を番だと直感する現象のことで、古今東西さまざまな形で伝えられている一種のお伽噺《とぎばなし》のようなものだ。一方その真偽については長年取り沙汰《とざた》されていて、「運命の番だ」という口説き文句で幾人ものオメガと番契約を結ぶアルファの話もよく聞く。

半年前に弐湖と那淡が「俺たち運命の番だったんだ」と言い出したときは、漣たちは唖然《あぜん》としたものだ。

漣は小さな頃から那淡のお屋敷に奉公人として出入りしていて、五歳下の弐湖もよく後ろにくっついてきた。那淡は仕事で弟を構うことのできない漣に代わり、よく弟の相手をしてくれていたのだ。

——たとえ運命でなかったとしても、二人が恋に落ちたのは間違いないことだし。

「それに、お前ももう二十歳になってしまって、今更」

それればかりは確かに痛い話だったが、若返ることができるわけでもないので言っても詮《せん》のないことだ。本当は数年前に結婚する話になっていたところを、那淡が渋って先延ばしになっていた。今思えば、あのときから既に彼は漣と結婚する気がなかったのだろう。

「……ありがとうございます。なんとかなります、きっと。お世話になりました。どうぞお元気で」

深く頭を下げてから立ち上がり、その場を辞す。これ以上長居したら、流石《さすが》に不安な気持ちを隠し続けることは難しそうだったからだ。

那淡の母と別れ、きらきらと木漏れ日《こもれび》に照らされた並木道をゆっくりと歩きながら、漣は控えめな大きさの花束に鼻先を寄せる。芍薬《しゃくやく》の華やかで優しい香りに、強張っていた胸がふっと和らいだ。けれど同時に、これをくれた弟の言葉も思い出してしまう。

——次、って言われてもな……そんな相手いないし。

無意識に零《こぼ》れた溜息をごまかすように、花束の香りを深く吸い込む。息を吐いたら、気が緩んだのか目が潤んだ。ごしごしと手で擦《こす》って、空を仰ぐ。

「……いい天気」

春の風景は、華やかで美しく、弟夫婦の幸せな前途の象徴のようだ。道々に、春らしい色の花木が咲いて、甘やかに香る。垣のように道沿いに連なる雪柳《ゆきやなぎ》や満天星《どうだんつつじ》が、可愛らしい。薄紅色や黄色や白色の花が、さらさらと風に煽《あお》られて、煌《きら》めいて見えた。花弁《はなびら》が、時折雪のように零れ舞う。

——で、これからどうしようかな……。

美しい景色に現実逃避している場合ではない。漣は花束を鼻先にやりながら、ううむ、と眉根《まゆね》を寄せる。

頭を悩ませながら歩いていると、不意になにか大きな荷物が落下したような、どさっという音がした。無意識に足元へ向けていた視線を上げる。道を外れた場所に、白い馬が佇《たたず》んでいた。背負っていた荷を落としてしまったのだろうか。それにしては、持ち主の姿が見当たらない。怪訝《けげん》に思い、雪柳の垣を越えて覗《のぞ》き込む。

――人が倒れてる！

芝の上に降り積もった淡い色の花弁の中に、若い男が仰向けに倒れているのが見えた。思わず息を呑《の》み、漣は慌《あわ》てて駆け寄ってその傍らに膝《ひざ》をつく。

若い男は目を閉じ、まだ散ったばかりの花弁や花に埋もれていた。

甘く香る花々に囲まれたその様子は、美しいけれど死んでいるのかと不安になる光景だ。

まさかと顔を覗き込んだら、彼の髪と同じ金色の睫毛《まつげ》がぴくりと動く。閉じられた瞳から、つうっと涙が一条流れ落ちた。

生きている。――そう安堵《あんど》するのと同時に、彼の瞼《まぶた》がゆっくりと開き、宝石のような碧色《あおいろ》の瞳が現れた。

「――！」

視線が交わった瞬間、体に静電気に似た痛みが走り、互いに弾かれるように身を引く。

どこか虚空を見つめていた男の目がかっと見開かれ、彼は勢いよく起き上がった。驚いて、漣は浮かしていた腰を落とす。

なにかに縛り付けられたように漣の体は動かない。対面にいる見知らぬ男から、目が離せなかった。男もまた、じっと漣の顔を見ている。

その美しい顔貌《がんぼう》が、ふと怪訝そうな表情を作った。そして、彼はあからさまに落胆した顔になる。

男は嘆息し、涙を払うように己の目元を擦った。

呆然《ぼうぜん》としていた漣は、無意識に口を開く。

「あの」

「――紛らわしいんだよ」

話しかけた言葉が、舌打ちとともに発せられた不機嫌そうな声に遮られた。

同時に、固まっていた体の強張りも解ける。

――なに？　なんだよ。紛らわしい、はこっちの科白《せりふ》だよ。怪我でもしてんのかとか、心配して損した。

不満と苛立《いらだ》ちを抱えながらも、取《と》り敢《あ》えず男が死んでいるわけでも倒れているわけでもないようでよかったと無理矢理納得し、立ち上がった。

膝についた花弁を払っている漣を、胡座をかいた男が「おい」と呼び止める。

「なんですか」

男は睥睨《へいげい》するように右目を眇める。

「お前、俺になんの用だ」

煩わしげに問いかけられた言葉の意味がわからず、目を瞬《しばたた》く。

――いや……話しかけてきたのはあんたのほうでは？

そんな考えが過《よぎ》って困惑したが、もしかしたら顔を突然覗き込んだことを咎《とが》められているのかもしれない。或《ある》いはオメガに襲われるとでも思ったか。

身形《みなり》や体格、美しい顔立ちから察するに、男はアルファなのだろう。下手《したて》に出なければどんな目に遭《あ》うかわからないので、大人しく頭を下げた。

「荷物が落ちるような音がして見てみたら人が倒れていたので、落馬して気を失ったか、それとも、と思って心配しただけです。無事なようで、なによりでした」

できるだけ不満が滲《にじ》まないよう、単調な声を出す。

漣の説明に、男は拍子《ひようし》抜けしたような顔をして、ふんと鼻を鳴らした。

「落馬なんて間の抜けたこと、するわけないだろう」

じゃあなんで落っこちたんだよ――と思いながらも、漣はもう一度ぺこりと腰を折った。

「……それはどうも、失礼しました」

いちいち喧嘩腰《けんかごし》な相手に、そう言い添える。なんにせよ、それだけ口が回れば本当に大丈夫だろうと、苦笑した。

本陣に宿泊するのは軒並みアルファの男性だったので、この手の居丈高《いたけだか》な相手には慣れている。むしろ、オメガ相手にきちんと会話をしてくれるだけ彼はまともな部類だ。

ではこれでと踵を返そうとしたら、再び呼び止められる。

「おいお前」

「まだなにか」

今度はちょっと尖《とが》った声が出てしまった。

「……もしかして結婚したばかりなのか？　それ、花嫁用の花束だろう」

手に持った花束と男の指先を見比べ、漣は頭を振る。

「ならば、これから結婚式でも挙げるのか？」

「いえ。今日、弟の結婚式だったんです」

思い出したら少しだけ切ない気持ちになって、漣は花束を見せつけるように翳《かざ》した。男の顔色は変わらない。

「もし俺の結婚式だったらこんな格好なんてしませんよ。それに、花嫁なら一人になったりはしないでしょう?」

本当にオメガの花嫁ならば全身白の婚礼衣装をまとっているし、オメガの証でもあり防具でもある首輪は、結婚式用の白い布のはずだ。

なにより、弟に恥《はじ》をかかせないよう最低限の礼装は整えたつもりだけれど、花嫁ならばこんな安物の服は着ないだろうし、古びた革製の首輪などつけているはずもなかった。

そして、傍《そば》に夫が控えているだろう。

それを口にすれば惨めな気持ちになるような気がして、どうにか作り笑いを浮かべてみせる。

「第一、こんな年増《としま》のオメガが今更結婚なんて」

少し投げやりに言えば、男は瞠目《どうもく》した。

「年増……?　お前、いくつなんだ?」

不躾《ぶしつけ》に投げかけられた問いに、口元が引きつる。女性とオメガに年齢の話をするのは、少々気遣いに欠けるのではないだろうか。

——アルファって、こういうところがあるよな……。

不遜というか、無遠慮というか、繊細さに欠けるというか。だが悪気はなさそうで、口籠《ご》もった漣に不思議そうな顔をして回答を待っている。

「……二十歳になりますけど」

「二十歳⁉」

渋々答えれば、男は驚きに声を上げる。

――だから嫁《い》き遅れって言ってるじゃないか！

追い打ちをかけるのはやめて欲しい。

往々にして、オメガの妊娠適齢期は十五歳から十八歳で、概《おおむ》ねその頃には番を得る。二十歳になる漣はオメガの中では薹《とう》が立っていることになり、「その年になっても番がいないなんて、なにか問題があるのでは？」と思われるのが常だ。

だが彼の反応の理由は意外にも「嫁き遅れ」ということに関してではなかった。

「てっきりもう少し下かと……十七、八くらいかと思った」

若く見られたこと自体は内心嬉しかったが、相手がアルファだから小柄なオメガは若く見えるだけという可能性に行き当たる。そしてよく考えたら結局「実年齢がいっている」と言われている事実は変わらないことに気づいて肩を落とした。

けれど、相手は意外な言葉を言い添える。

「――いや、二十歳でも充分若い。二十歳のどこが年増なんだ？」

不可解そうな顔をする男に、ぴんとくる。

「……旦那《だんな》、この辺の人じゃないでしょう？」

漣の指摘に、男は微《かす》かに目を瞠《みは》った。

「このあたりでは、オメガと女の子の適齢期って大体十六から十八くらいですよ。二十歳過ぎるともうだいぶ遅い。『二十で年増、二十五で中年増、三十で大年増』って、知らないんですか？」

「なんだ、その差別的な言葉は」

男は理解できないとばかりに渋面《じゆうめん》を作る。

そのあまりに嫌そうな顔に思わず小さく吹き出した。山をひとつ越えると文化が違うとはいうけれど、この地域での常識は場所が違えば差別になるのかとおかしくなる。

「他の地域はもう少し適齢期が遅いって、話には聞いたことありますけど……てことは、やっぱり旦那は旅の人ですか？　宿場に御用向きで？」

オメガの漣を揶揄《からか》っているのでなければ、この反応はそういうことだ。そしてそんな予想通り、男は曖昧《あいまい》に首を傾げた。

「旅の……というか、ここには少し遠乗りをしに来た。こいつでな」

そう言って、利発そうな馬を指し示す。

傍らで大人しく待っていた白馬は、自分のことを言われているとわかったのか、微かに鼻を鳴らした。白い毛並みは、青空を背景にくっきりと浮かんで見えて美しい。

「へー……綺麗な馬ですね。触ってもいいですか？」

男が頷《うなず》いたのを見て、漣は馬に近寄った。

「この子、名前は？」

「雪《ゆき》」

「雪かぁ……あ、本当だ。この子、芦毛《あしげ》じゃなくて白毛《しろげ》なんだ。白馬なんて、珍しいですね」

毛を掻《か》き分けて地肌の色を見ながら言うと、男はまあなと短く口にした。遠乗りと言っていたが、それなりの距離を走ってきたのだろう、雪は少し疲れているようにも見える。

よしよしと宥《なだ》めるように雪の背を撫《な》でながら、漣は「ねえ旦那」と呼びかけた。

「さっき随分驚いてましたけど……旦那のところは、オメガの適齢期ってどれくらいなんです？」

なんの気なしに問いを投げるも、数秒待っても答えがない。

聞こえなかったのだろうかと振り返る。むっつりと唇を引き結んだままだった男は、もう一度仰向けに転がった。

「オメガの……というか、大体二十代半ばで結婚することが多い。性差はあまりない、と思うが」

アルファもオメガもベータも、特に結婚の年齢に差がないという事実に、今度は漣が驚く番《ばん》だった。

「え、……じゃあ結婚とか番契約だけじゃなくて、仕事はどうなってるんですか？」

「どうとは？」

「オメガでも、二十五歳くらいまで仕事していられるんですか？」

ついそんなことを訊《き》いてしまうのは、今まさに仕事を探しているからだ。ここで生まれ育って死ぬものだと思っていた漣には「外の地域に出る」という発想が欠けていたが、それならば職を得られるのかもしれない。

だが男はというと漣の問いかけの意味がわからなかったようで、眉を顰《ひそ》めて首を傾げた。

「それはどういう意味だ？　結婚すれば家庭に入るオメガも多いが、結婚しようと番契約が行われようと、働きたいやつは働いてるだけだ」

「ええ？　なんだそれ……」

思わず砕けた口調になってしまって内心慌てたが、男は気にした様子もない。

「この地域は、そのあたりはどうなんだ」

「オメガは子供を産んだら働けなくなるし、子供がいない、結婚もしてないオメガは職を得るのも難しいんです」

発情期を抑える抑制剤を服用しているとはいえ番がいないという状況は、オメガの特性上いつ発情期が来てもおかしくはないことを意味する。番のいないオメガがふらふらしていて雇い人の家族や客を誘惑されては困るのだ。だからそもそも、未亡人を除いて二十歳を超えて独身のオメガなどいない。

「いつ孕むかわからないオメガなんて、正規雇用だってされないですよ」

言いながら、まさしく明日から自分の身に降りかかることなので憂鬱《ゆううつ》になる。

一方、男は漣の言葉に「なんだそれは」と動揺を滲ませながら呟《つぶや》いた。

「そんな無茶苦茶な話があるか。人権無視にも程があるだろ」

「人権って……、そんなアルファやベータみたいなこと」

つい苦笑すると、男はなにか言いたげに漣を見て、それから閉口した。

――この辺の地域じゃそれほど珍しい身の上ってわけじゃないのに。……本当に、遠いところから来た人なんだなぁ。

むしろ、孤児にも関わらず面倒を見てもらえていた自分などまだ優遇されていたほうだ。

そんな漣にどうやら同情してくれているらしい彼に、自然と眉尻が下がる。だがそれが癇《かん》に障《さわ》ったらしく、思い切り睨まれた。

他の地域のオメガを羨《うらや》んでもしょうがない。ただ一言、「あなたのお郷《さと》のオメガはいいなぁ」という本音が漏れた。

寝転んだまま、男がじっと漣を見つめる。

「お前は、仕事はなにをしているんだ？」

花嫁修業を、と答えかけ、口を噤《つぐ》む。その大前提を取っ払ってしまえば、自分がしていたのは旅籠や問屋での「下働き」だと言うのが正しいのかもしれない。

「……下働きをしていました」

「下働き……具体的には？」

「色々です。雇い主であるご家族の身形を整えたり……あとは掃除に炊事、洗濯、客対応、継立て、事務仕事とか会計関連とか」

返答に、男は意外そうな顔をする。オメガがそんな重要な役回りをしていたなんて、と驚いているのかもしれない。

花嫁修業として、とにかく家業の手伝いを小さな頃からしていたので、どんどん業務が増えていったという感じだ。

「この地域の事情を聞けば、さほど悪い待遇とは思えないが……何故《なぜ》辞めたんだ？」

「辞めたんじゃありません。解雇されたんです」

「解雇？　なにをやらかしたんだ、お前」

無遠慮な質問に、思わずむっとする。

「……薹《とう》が立ったオメガの俺はもうお払い箱ってわけです」

本当のことを言う必要も感じられなかったので、理由のひとつだけを口にする。

男は思案するように顎《あご》を撫で、それから口を開いた。

「お前、次の仕事は？」

人の話を聞いていないのかと、少々呆《あき》れながら頭を振る。

「そんな簡単に見つかるはずないでしょう。オメガですよ、俺。ついでに言うと、式のためのこの一張羅《いっちょうら》を買うのに家財とかも全て売っぱらっちゃったので、俺にはなーんもありません。もう」

苛立ち半分で、もういっそ全部喋《しゃべ》ってしまえとばかりに、仕事もないのに一文無しになったという事情を殊更《ことさら》明るく告げる。

男はぽかんと口を開け、その形のいい唇を引き結び、頭を掻く。

「……お前がよければだが、仕事を紹介してやろうか」

「え⁉」

「ただ、住み慣れた土地を離れることになるが。それでもいいなら、俺と来るか？」

一瞬聞き間違いかと思ったが、確実に彼は「仕事を紹介してやろう」と言ってくれた。

断る理由などなにもない。

「ぜ、是非！　あの、ご都合がよろしければ今日からでも！」

思わず彼の前に膝をつく。男はこくりと頷いた。

「――俺は央我《おうが》。お前は」

「漣です。……でも旦那、央我様、本当にいいんですか？　俺、二十歳も超えたオメガですけど」

恐る恐る確認すると、央我は嘆息する。

「だから、先程も言っただろう。二十歳なんて俺の地域じゃまったくもって若い。抑制剤はちゃんと飲んでいるんだろう？　ならば構わない。なんの問題もない」

そう言って立ち、央我はやにわに馬に乗り上がった。

いかにも乗り慣れているその様子をぼんやりと見つめていると、手を差し出される。

「ほら、手を出せ」

彼の意図がわからないまま、手を出す。指先が触れそうになった瞬間、再び、先程と同様の強い静電気がばちっと指先を襲った。

今度は互いに「痛！」と声を上げて手を引く。

反射的にぎゅっと目を瞑《つむ》った漣に、央我がもう一度溜息を吐いた気配がした。漣は言いようのない恥ずかしさを覚えながら視線を落とす。

央我は不意に漣の手首を摑《つか》むと、ぐいっと勢いよく引っ張り上げた。

「わっ……、わっ、わ！」

いともたやすく抱き上げられ、馬の背に乗せられる。

「暴れるな。雪が驚く」

耳元で低く窘《なだ》められ、慌てて口を閉じる。黙り込んだのを確認するやいなや、央我は手綱《たづな》を握った。

雪がゆっくりと歩き始める。不安定な動きに、体がぐらぐらと揺れて落ち着かない。央我に寄りかかりそうになってしまい、慌てて前傾姿勢をとる。

「なにをしている。……お前、問屋で働いていたと言っていなかったか？　馬には慣れてるだろう」

「あの、俺、問屋では事務と迎え役が主で、馬には乗ったことがなくって」

世話をしたり手綱を引いたりすることはあっても、その背に乗ったことはないと説明すると央我はなるほどなと呟いた。

ぐらりと揺れて、咄嗟《とっさ》に馬の鬣《たてがみ》を握ってしまう。背後の央我が体を支えてくれた。

「鬣を摑むな。こっちに来い」

言うなり、央我は漣の胸元に手を当てて、自分のほうへと引き寄せた。

――うわ……。

央我を背凭《せもた》れにするような格好になり、そもそも人と密着することなどない漣は激しい緊張と動揺に襲われる。それなのに、何故か全身から力が抜けた。どきどきして、落ち着かなくて、その半面ほっとするような、不思議な気持ちだ。

「漣、お前の家はどこだ？　着の身着のままというわけにはいかないだろう。荷物を取りに」

問いかけられてから、いつの間にか央我の胸に体重をかけてしまっていたことに気づいて慌ててほんの僅《わず》か体を離す。だが雪が歩き出すとうまく上体を支えられず、結局央我の広い胸に身を預ける羽目になった。

「いえ、さっきも言いましたけど、誇張じゃなくて本当になーんにもないんです。家財どころか、私物も、家も、もうなにひとつ」

体をぐらつかせながら返した漣に、央我は「なんだって？」と訊き返す。

「俺、住み込みで働いてたんです。だから、解雇されたら、住むところもなくなっちゃって……実家なんてとっくにないし、オメガだと仕事もですけど、家を探すのも難しくて」

「……お前、もし俺が誘わなかったらどうするつもりだったんだ」

実はそれが一番の不安だったので、漣は苦笑しながら頬《ほほ》を掻く。

「当面は野宿を覚悟してましたよ。それか、どこかの店の軒を借りるか……旦那様や奥様が今日の結婚式まで追い出すのを待ってくれたのが唯一の救いです」

そう言い終わるか終わらないかのうちに、大声で「この馬鹿！」と怒鳴られた。

央我は「遠乗りをしてきた」と言っていたけれど、漣の予想以上に目的地は遠く離れていた。

央我がとても軽装備だったので、山をひとつ越えた隣町あたりから来たのかなとぼんやり当たりをつけていたのだが、央我の居住地に着いたのは故郷の町を出た翌日の昼過ぎのことだった。

途中、宿で一泊し、到着したのは王都の西に位置する大きな街だ。

幼い頃に一度だけ父に連れてきてもらったことのある港街は、記憶と違わぬ華やかで栄えた場所だった。

馬に乗ったままの漣からは、通りを埋めるほどの人の多さがよく見える。圧倒され、ぽかんと口を開けてしまった。

「どうした？」

「いえ……都会だな、と思って」

背後から問われて、思ったままを口にしたら何故か笑われてしまう。

――なんだか、なにを喋っても呆れられたり笑われたりしている気がする……。

昨晩から、なにかを話す度に価値観や習慣の違いなどから呆れられたり笑われたり、時折怒られたりもした。

けれど、彼が漣に差別的な罵声《ばせい》を浴びせたことは道中ただの一度もなかった。彼が怒鳴ったのも、「仕事も家もないなら早く言え、馬鹿か。オメガが野宿だなんて危機感がないにもほどがある」という漣の迂闊《うかつ》さなどについてだけだった。

それについても宿を用意できるものならしたいが、オメガの自分にはどうすることもできない話で、なにも好んでそんな選択をしたわけではない。だがそんな言い訳を漣がするまでもなく央我は察して、どこか決まり悪そうに「まあ、それもお前一人じゃどうにもならなかったんだろうが」と付け足していた。

「あ……」

教会の前を通りかかった際に、結婚式が執り行われていた。花嫁はオメガのようで、弟と同じように白い布を首に巻いていた。ぼんやりと幸せそうな夫婦を眺めていたら、背後の央我が「お前は」と呼んだ。

「……その年で自分を嫁き遅れだなんだと言っていたが、今までそういう話はなかったのか？」

「ありましたよ」

漣の言葉に、央我は逸《そ》らしていた視線を戻し、「そうなのか？」と問うてくる。出会いの中で話したような気になっていたが、そういえば昨日自分が出席していた結婚式は、弟と、自分の元婚約者のものだとは明確に言っていなかったかもしれない。

「まだ、その相手が好きなのか？」

黙り込んだ漣に、央我が問う。好き、という言葉に、曖昧《あいまい》に首を傾げた。

「いえ。……好きとか、そういうのではなかったので」

好きな相手などいなかったし、恋愛経験も、誰かと肌を重ねた経験も漣にはない。那淡は、子供の頃から親同士が口約束をした形ばかりの婚約者だった。

「そこには何故嫁《とつ》がなかったんだ？　望まれたということなんだろう？」

まったく悪気なく、ただの興味で訊いているであろう彼に、苦笑する。

「……央我様。俺は別に構いませんが、他の方にはそういう事情はあけすけに問うものではないですよ」

そんな指摘に、央我は気まずげな顔をして言葉に詰まる。もしかしたら、今までも同じことを窘められた経験があるのかもしれない。漣は小さく笑う。

「大した話ではないんですよ、全然」

大旅籠の夫婦と漣の父が友人関係にあったので、口約束ながらその長子と婚約をしていたこと。跡継ぎの嫁候補として子供の頃から家業の手伝いをしていたこと。両親は五年前に事故で亡くなったこと。婚約者が弟と子供を作り、結婚してしまったこと。それで、彼らの結婚式当日に家も仕事も失くしたこと。

それが「嫁がなかった」のではなく「嫁げなかった」理由だと淡々と説明する。

「はあ⁉」

というわけです、と漣が結んだのと同時に、殆ど怒鳴るように声を上げた央我に無理矢理俯《うつむ》かされて、漣はびっくりして固まる。頭上から、小さく溜息が落ちてきた。

「……番契約はしていなかったんだな」

どこか安堵したような声音に、彼の行動が、漣の項に噛み痕がないか確認するためのものだったのかと察する。

――……いや、それにしたって言葉で確認してくれればいいのでは……？　頭を押さえつける必要あったかな……。

そう口に出したわけではなかったが、黙りこくった漣が少々不機嫌になったのは伝わったようで、央我は「すまん」と言いながら慌てて手を離す。

心配してくれた気持ちはありがたいが、オメガにとって項は急所のひとつなので、首輪をしているとはいえ押さえつけられて無防備に晒《さら》されるというのはそれなりにひどい行為だ。

項を押さえながら振り返ると、央我は非常に狼狽《うろた》えながらもう一度「悪かった」と重ねた。アルファだというのにあまりに素直に謝罪をするので、なんだか拍子抜けしてしまう。

「だが、お前はそれでよかったのか」

「いいも悪いも、俺にはどうすることもできませんから」

苦笑して答えれば、央我が痛ましげな顔になる。

「その男のために奉公してたというのに、結局……って、待て。給与はどうした？」

「え？」

「最初会ったときに住むところも金もないと言っていたが、十年以上も嫁候補として奉公してたんだろう。朝から晩まで働いていて、一体なにに使っていたんだ」

問われている意味がわからず、漣は首を捻った。

「俺はお世話になっていたので、お給金はありませんよ？」

質問の意図がよくわからないまま答えると、央我も不可解そうな顔をした。

いずれ嫁としてもらい受けるつもりで教育をしてくれて仕事を与えてもらっていた。つまり、自分にはお金がかかっている。子供の頃から十年以上、そして両親が亡くなってからは弟まで預かってもらった。そこまでにかかった金はきっと、自分が働いた分では賄《まかな》いきれていないだろう。

そんな説明に、央我が眉を顰めた。

「お前……！」

苛立ったような央我に、漣は目を瞠る。彼はなにか言いたげな顔をしたあと、堪《こら》えるように唇を噛んだ。央我は小さく深呼吸をし、絞り出すように「続けろ」と言う。

続けるもなにも、あとは特に言うべきことはないなあ、と思いながらも口を開いた。

「……それに俺は、彼を恋愛感情で好きだったわけでは、ないですし。親同士が他愛のない雑談で決めただけの、ただそれだけの、関係だったから」

「そうなのか」

「それに俺、那淡――その相手にすごく嫌われてたので」

「最初から？」

「え？　……いえ……」

小さい頃は、那淡はよく話しかけてきてくれた。馬鹿、愚図《ぐず》、と言いながらも腕を引いてくれて、お前は俺の奥さんになるんだからな、とよく言っていた。一緒に買い出しに出かけて、果物や菓子を買ってもらったこともあった。

ある程度大きくなってからは彼の仕事を手伝うことも増えた。けれど思えば、その頃からだっただろうか。馬鹿、愚図、だけでなく、愛想も悪いしちっとも可愛くない、オメガのくせにでしゃばるな、図々しい、役立たず、と悪しざまに言われるようになったのは。与えられた仕事を終わらせられないのは事実だったので、反射のように謝っていた毎日だった。

そのせいか、彼の家族も、他の使用人たちも冷たかった。毎日、なにをしていてもオメガはこれだから駄目なんだと言われ続けた。

「きっとその相手に恋をしていたら辛かったんでしょうけど、俺は別に——」

不意に頭に触れられて、はっと振り返る。何故か、央我がとても辛そうに見えた。

「……央我様？」

「辛くないというのなら、そんな顔をするな」

「そんな顔って」

どんな顔を、自分はしているのだろう。

確かめようとしたけれど、鏡がないので確かめることもできない。

央我は再び漣に前を向かせると、その広い胸元に漣の頭を抱き寄せた。

「央我様？」

問いかけても、央我は答えない。

どうしたのだろうかと内心首を捻《ひね》っていたら、ふと自分の視界が歪んでいることに気づいた。

あれ、と思う間もなく、央我の掌《てのひら》が漣の目元を覆う。頬が濡れる感触がした。そのときようやく、漣は自分が泣いていることを知る。

「この馬鹿」

生まれてきてから何度も繰り返し言われ続けてきた言葉だ。

けれど央我の声音には、今までのそれとは違うあたたかな響きがあった。

「辛いなら辛いと思っていいんだ。ちゃんと言え。……俺のもとでは、ちゃんと辛いと言っていい。辛くならないように、なんとかしてやる」

はっきりとした央我の言葉に、嗚咽《おえつ》が込み上げてくる。ぐ、と喉元《のどもと》で耐えたつもりが、涙を抑えることまではできなかった。

——俺、本当に辛いなんて思ってなかったのに。

それは嘘《うそ》ではない。

自分の人生は、こういうものだと思っていた。それ以外の世界が自分にはなかったから。弟と結婚すると言われたときも、那淡が決めたのなら自分には逆らう理由がないと思っていたし、もう婚姻関係は結べないから屋敷を出ていってくれと言われたときも、オメガだからしょうがないな、と納得した。

辛くも悲しくも苦しくもなかった。

——なのに、どうして。

目元を覆う央我の大きな掌に、涙が堰《せき》を切ったように溢《あふ》れた。実感は伴っていなかったが、初めて自分が「辛かった」のだと知る。

それからどれくらいの時間が経ったのか、ようやく涙が引いた頃に央我はそっと掌を離した。

そして、顔を見合わせるより早く手巾《しゅきん》を漣の顔に押し当てる。ちょっと力が強かったので痛かった。

借りた手巾からは、花のような甘い匂《にお》いがする。その匂いに、まだほんの少し強張ったままだった心が、ゆるく解けていった。

——いかにもアルファという感じなのに、俺の知っているアルファとは全然雰囲気が違う。

オメガと同じ馬に乗るということなども、絶対に有り得ない。オメガは御者になることはあっても、馬や馬車にアルファと同乗することはないのだ。

——昨夜だって……。

宿泊した宿の料理はとても美味《おい》しかった。同じ食卓で、同じ料理を食べさせてもらえるなんて思いもしなかったけれど。

宿の主人が二人を恋人か夫婦かと間違えたときも、気を悪くするふうでもなく、ただ苦笑して「俺は雇い主だ」と答えただけだった。

それと同時に、昨夜の己を思い出して漣は羞恥《しゅうち》といたたまれなさにぎゅっと目を瞑る。

——……俺の心づもりが多分、この人には気づかれてないのがせめてもの救いだ。

通された部屋はひとつで、寝台《しんだい》はふたつあった。

アルファとオメガが同じ部屋になるということは、アルファに抱かれ、奉仕するということなのだろう、と漣は「今日は一泊する」と央我に言われたときから覚悟していた。

経験のない漣に、「男性が悦《よろこ》ぶ」という行為がどのようなものかはわからない。宿場町なので花を鬻《ひさ》ぐ商いをする者もそれなりにいたが、大旅籠の嫁候補であった漣はその手のことからは縁遠かったのだ。

だが拾ってくれた央我に対して恩義も感じていたので、報いることは吝《やぶさ》かではなかった。もっとも、自分の身などが相応の対価になるかもわからなかったが。

緊張して寝台に腰掛けた漣を央我は素通りし、「明日もそれなりに移動距離があるから、さっさと寝ろ」と言って布団をかぶってしまったのだ。

自意識過剰だったことを思い知らされて、ほっとする反面顔から火が出る思いだった。

——……いや、でも単に俺が相手にならないほど不器量なだけ……？

宿場町に来るアルファに絡まれた経験はあるものの、可愛らしい顔立ちの弟と違って、貞操《ていそう》の危機を感じたことはない。

頬に手を当てたまま固まる漣に、央我が怪訝そうに「どうした」と訊く。

「……なんでもないです」

俺じゃ食指《しょくし》が動きませんかと訊くわけにもいかず、漣は再び手巾に顔を押し当てた。


ぱか、ぱか、という心地よい蹄《ひづめ》の音にもすっかり慣れきった頃、央我はある大きな屋敷の前で馬を止めた。

街に入ったときからずっと見えていた、一際《ひときわ》背の高い頑強そうな建物だ。世話になった名主の家よりもずっと大きなお屋敷は、見上げるほどである。

口をあんぐりと開けて眺めていると、いつの間にか馬から下りていた央我が、こちらに手を差し出していた。躊躇《ためら》いながらその手を取ると、央我は漣の腰を抱えるように下ろしてくれる。

「ありが——」

「——央我様！」

漣のお礼を遮《さえぎ》る声に、央我が振り返る。現れたのは、黒い礼服に身を包んだ初老の男性だ。

「祇流《かみる》、今帰った」

「今帰った、じゃございません。突然出ていったかと思えばふらりとお帰りになられて。お戻りにもならず街をゆったりと闊歩《かっぽ》なさったそうですね」

わかったわかった、とうるさそうに遮る央我に、祇流と呼ばれた使用人と思《おぼ》しき男性は眉間《みけん》の皺《しわ》を深める。

「一体今までどこに行……」

ふと央我の傍らにいる漣に気づいた彼は目を瞠る。問い詰めるような視線を向けられて、央我は億劫《おっくう》そうに頭を掻いた。

「新しい使用人だ。よろしく頼む」

央我の言葉に、祇流は「承知いたしました」と顎を引いた。

「……兄上は」

小さく呟かれた問いに、男性が小さく息を吐く。

「来栖《くりす》様は今朝も微熱が」

まだ言い終わらないうちから、央我は雪の手綱を使用人に押し付けるように渡し、背を向けてお屋敷のほうへ走っていってしまう。

「お待ちください、央我様！　もう少しご説明を……！」

適当にやっておいてくれ、と既に姿の見えない央我が言うのが辛うじて耳に届いた。

祇流は所在なげにしている漣を振り返ると、何度目かの溜息を吐く。それから、やれやれといった様子で苦笑した。

「落ち着きがなくて悪かったね。私は央我様のお屋敷の筆頭家令、祇流だ。よろしく」

困惑した様子だが、かといって邪険《じゃけん》にするでもない彼に漣は面食らう。

「君は？」

「あっ、は、はじめまして。今日からお世話になります、漣といいます」

お世話になるということでいいんだよね、と不安になりながら、ぺこりと頭を下げる。そんな漣に、祇流は柔らかな声で「よろしく、漣」と言った。

その言葉と声音が意外で、つい怪訝な顔をしてしまう。

漣は首輪もしているし、見るからにオメガの風体《ふうてい》をした人間と対峙《たいじ》しているのに、祇流には特段蔑《さげす》んだ雰囲気もない。

央我の様子や、道中に聞いた話で随分とオメガへの扱いが違う地域のようだとは思っていたが、実際に接してみてもやはり驚きは隠せない。

「あの……ところで、央我様、は一体どのような方なんでしょうか」

恐る恐る質問をすると、祇流が目を丸くする。

「聞いていない？」

昨日拾われてから、名前と他の地域での常識以外なんの説明も受けずにここまで来たのだと言ったら、祇流は額《ひたい》を押さえて「あの方はまた……」と大きく嘆息した。

こほんとひとつ咳払《せきばら》いをし、祇流が姿勢を正す。

「あの方は――央我様はこの地の領主様のご嫡男《ちゃくなん》であり、跡取りであられる」

「領主様……⁉」

雇ってやるというので、それなりの御仁《ごじん》なのだろうとは思っていたが、想定以上の肩書きに唖然とする。こんな大きな街をはじめとする地域を統治する領主様の息子となれば、本来なら漣など話すことも許されぬような立場の人なのだろう。

もとよりアルファだと思って敬語は崩さなかったけれど、上流の相手に相応の礼節を持って接していたかというと自信がなかった。

――あれ？　でも「嫡男」なのに「兄上」って……？

「現在、旦那様は渡航中で不在なので、央我様が代行して家業を取り仕切られているんだよ」

奥様は病弱な方で、十数年前に亡くなっているそうだ。

思っていたよりもずっと偉い人だったのだ、と今になって青褪《あおざ》めている漣に祇流が苦笑する。

「そんなに構えることはない。勿論《もちろん》分別は必要だが、ここは寛大な領主様のおかげで比較的おおらかな土地柄だし、それにあの方自身もとても気安くていらっしゃるから」

「……はい……」

そうはいうものの、遅ればせながら緊張感に襲われてしまう。

「じゃあ、寮に案内するからこちらへおいで」

はい、と慌てて返事をしたら、祇流は優しく目を細めた。

「——身綺麗になったたな」

寮の外には中座していたはずの央我が待機していて、漣の姿を見るなり開口一番そんなことを言った。身綺麗、と評してもらえたのは、祇流の手引きで着替えをさせてもらったからだ。

「央我様」

少し心細さを感じていたので、出会って間もないが、知った顔があってほっとする。

けれど央我は何故か眉根を寄せて頭を掻き、そんな彼を祇流が物言いたげに見つめていた。それを怪訝に思う間もなく祇流は漣を振り返り、「じゃあついておいで」と言う。そのあとを追うと、隣に央我が並んだ。

「あの、すごいお屋敷ですね」

思わずそんなことを言えば、央我は「腐っても領主だからな」と笑った。

腐っても、だなんてとんでもない。すごいお屋敷なのは、母屋《おもや》だけではなかった。

——オメガの家なんて、粗末な木造と決まってるのに……まさかこんな堅牢《けんろう》な寮を用意してるなんて、信じられない。

漣が最初に祇流に案内されたのは、敷地内にある煉瓦《れんが》造りの大きな建物だった。そこが「オメガ専用の寮」だというのだから驚いてしまう。二階建ての建築物は、もしかしたら大旅籠と同じくらいの規模かもしれない。

漣の育った宿場町だって、山中の田舎にしては栄えているほうだと思っていたが、都会のお金持ちは桁違《けたちが》いだと圧倒されてしまう。

「玄関なんて、俺の家より大きかったです」

「そんなところと比べるな」

感嘆の声を上げた漣に、央我は苦虫を噛み潰したような顔になった。

「あ、すみません……そうですよね、立派な玄関と俺の家なんて比べるのは」

「そっちじゃない。お前、わざと言ってるんじゃないだろうな」

そう言いながら、今度は笑ってくれたのでほっとした。

寮は、玄関を入ってすぐ見える場所に、廊下に面した応接室のような広い場所があった。一階には炊事場、洗濯場、風呂場、厠《かわや》があり、二階は全てオメガの使用人の居室となっているという。

漣が与えてもらったのは、二階の一番端の一室だ。奥に出窓がついている部屋の中には、立派な寝台と机が既に置かれていた。館内は土足厳禁で、玄関で外靴を脱ぐのが決まりだそうだ。横には木製の棚があり、下足入れというのだと教えてもらった。靴を脱ぐのは、掃除が楽になるかららしい。確かに、と納得した。

そんな話を興奮気味にしていたら、くしゃくしゃと髪を掻き混ぜられる。不意の優しい手の動きに戸惑って、漣は「あの」と声をあげた。

「それに、あんな立派なお部屋を与えてもらって……いいんですか、本当に？」

こんなうまい話に裏がないはずがない、というのが顔に出たのか、央我は眉根を寄せて漣の頭を軽く小突いた。

「そういう警戒は、俺と二人きりになった時点でしておけ」

――確かにそうだけど、でも、なにもなかった。央我様はなにも、しなかった。

央我が言うのは、一緒に来るかと誘われた時点のことで、確かにあの段階では警戒などまったくしていなかった。けれど、同じ部屋に泊まるという状況ですら央我は指の一本すら手出しもしなかったし、売り飛ばすようなこともしなかった。

じっと見ていたら、央我は顔を逸らして再び漣の頭を叩いた。こほん、と前方から咳払いが聞こえる。

「央我様」

先を行っていた祇流が、母屋の玄関扉を開けている。漣も慌てて、祇流の隣に控えた。央我が中に入ったのを見送ってから静かに扉を締め、漣は祇流とともに屋敷の勝手口を通って中へと入る。祇流が戸口にある呼び鈴を数度鳴らすと、人が集まってきた。

恐らく屋敷中の殆どの使用人が、手を止めてこちらへやってくる。十数人の使用人たちが並んでから数秒後、央我もすぐにやってきた。彼らは、央我に向かって軽く頭を下げる。

その様子を眺めていたら、祇流にぽんと背中を押された。

「突然だが、本日付けで雇い入れた漣だ。仕事は当面、厨番《くりやばん》と雑用を担当する。よろしく頼む」

「今日からお世話になります、漣といいます。よろしくお願いします」

漣がぺこりと頭を下げると、一瞬しんとなる。

やはり、自分などが仲間になるのは嫌だろうか。そう不安に思って顔を上げると、全員の視線は漣ではなく何故か央我に向かっている。

彼らは戸惑う漣に気づき、口を揃《そろ》えて笑顔で「よろしく」と言ってくれた。その口調は皆朗《ほが》らかでほっとする半面、またしても若干の戸惑いを覚える。嫌な雰囲気というわけではなくその逆で、オメガである漣はこんなに好意的に迎え入れられた経験があまりなかったのだ。

――ベータの人が多いけど……何人かオメガも交じってる。

防護用の首輪を着用しているので、オメガだとわかる。けれど彼らの様子は、漣の知っている「オメガの使用人」のそれとは違っていた。

身形が整っていることも勿論だが、一番の違いはオメガもベータも雇用主のアルファでさえも隣り合って、笑って立っていることだ。

なんだか現実味のない光景にぼんやりしていたら、祇流が手を叩いたことではっと我に返る。

「それでは各自持ち場に戻っ――」

祇流が言いさした瞬間に、遠くのほうから二人分の足音が聞こえてきた。

「あ、いたいた！」

明るい声とともに、一人の青年が駆け寄ってくる。

室内でも明るく浮かぶように真っ白な肌に、金糸のような滑らかな髪の細身のその青年は、まるで宗教画の天使のような容貌だ。白色のゆったりとした寝間着を身につけているので余計にそう見えているのかもしれない。

――……オメガ？

けれどその首には、凝った金細工の美しい首輪が嵌められていた。彼の後ろを、頭ひとつ分以上大きな男が付き従うように追ってくる。彼は従者というわけではなく、その出で立ちから身分が高い人

物だと知れた。

央我が慌てた様子で、小柄な青年に走り寄る。

「兄上！　走ってはお体に障ります！　今朝も熱を出していたのでしょう⁉」

――お兄さん？　央我様の？

平気だよ、と笑った小柄なその人物は、央我の兄にはとても見えない。

そして、先程「兄がいるはずの央我」が「嫡男」だと言われた理由が遅ればせながらわかった。つまり、性差別の少ないこちらの地域でも、「女性とオメガ性は跡取りにはなれない」という決まりはあるらしい。

央我は傍らに控えている男性を睨みつけた。

「頼馬《らいま》。お前がついていながら、兄上を走らせるな」

睨み合う大柄な二人に、央我の兄が「もう、喧嘩しないで」と仲裁に入る。

「微熱だし、午前中に大人しく寝ていたからもう下がったよ。さっきもそう言ったじゃないか。――それで？　どの子が央我の連れてきた子なの？」

わくわくした様子で言いながら、彼の瞳が立ち並ぶ使用人の顔を端から順に流し見、そして漣のところで留まる。

翡翠《ひすい》そっくりな美しい瞳が、ぱちりと大きく瞬いた。

「君がそう？」

首を傾げ、美しい微笑を浮かべる彼に、漣はすぐさま床に膝をつく。

央我の兄は「えっ⁉」と声を上げ、反射的に目上に対する礼をとった漣を慌てて制止した。

「そんなことしなくてていいんだよ！　平時にそこまでする必要はないから！　ご覧、そんなこと誰もしていないだろう？」

確かに、家人は黙って立ってはいるが跪《ひざまず》いたりはしていない。問いかけるように央我を見ると、彼も渋面のまま頷いた。

「よその土地はどうか知らんが、うちではそんなことをする必要はない。大体、目上の者が通る度にそんなことしていたら仕事の効率が悪い」

「でも、――」

言いさして、口を噤む。周囲の使用人たちも少々驚いたように漣を見ていることに気がついたからだ。ここは、自分が生まれ育った土地とは違うのだと飲み込み、恐る恐る立ち上がった。

央我の兄はほっと胸を撫で下ろし、それから花が綻ぶように笑う。並ぶと漣と同じくらいの目線の、小柄な人だった。

「僕は来栖。君を連れてきた央我の兄で……僕もオメガなんだよ」

一緒だね、と微笑む彼はきらきらしている。全然一緒じゃない、と漣は呆然とした。

来栖の言動は、家人からきちんと目上として扱われ、敬われ、そして今まで恐らく穏やかに人生を歩んできたであろうことを思わせる。

羨ましいわけではない。ただ、オメガだというのに彼のように扱われる世界もあるのだという驚きと、同じオメガでもこれだけ違うのかという惨めでいたたまれない気持ちに襲われた。

「……初めまして、漣と申します」

漣、と覚えるように繰り返し、来栖は「よろしくね」と鷹揚《おうよう》に頷いた。

それから、彼は傍に控えている頼馬と呼ばれた男性に視線を向け、もう一度漣を見る。見るからにアルファらしい容貌の頼馬もまた、漣をじっと見下ろしていた。

——……なんだろう。

二人からじっと見つめられて、居心地の悪さにそわそわしてしまう。ちゃんと身支度を整えたつもりだったが、なにか不手際でもあったのだろうか。相手が目上ということもあり、漣から訊《たず》ねるのは難しい。

兄上、と央我が声を上げた。

「そうじろじろと見るものではないですよ。漣が萎縮してしまっています」

「あ、ごめんなさい、不躾に。それでね、こちらは頼馬といって、僕の幼馴染みで婚約者なんだ」

幼馴染みで婚約者、という言葉にぎゅっと胸が締め付けられるような感覚があって、無意識に服の胸元を摑んでいた。「よろしくお願い致します」と頭を下げる。

こちらこそ、と微笑んだ頼馬は、央我と同じくらいか若干背の高い、大柄な男性だった。アルファで身分のある人のはずなのに、漣などに会釈《えしゃく》をするもので、恐縮してしまう。

「彼は央我の親友でもあるんだよ。央我のことでなにか困ったら、頼馬を頼ってね」

「漣が央我のことで困る」という状況が思い至らず戸惑っていると、央我と頼馬は窘めるように「来栖」「兄上」と声を揃えて呼んだ。来栖はころころと楽しげに笑っている。

「とにかく、なにか困ったり相談したりしたいことがあったら、僕ではなくてもいいから誰にでも声をかけて。央我でも、祇流でも、同僚でも、誰でも」

「はい。お心遣いありが――、ひゃっ」

突如来栖から手を握られて、変な声を上げてしまう。

柔らかく、細くあたたかな手指と、真正面から見られることにどぎまぎしていると、傍らに控えていた頼馬が来栖の肩を摑んで引き剝がした。

「来栖。もういいだろう、はしゃぎすぎだ。部屋に戻って休もう」

促され、はぁい、と来栖が苦笑する。

「だって嬉しいんだもの。じゃあ漣、央我、皆もまたね」

朗らかにそう言って、来栖は婚約者の手を取る。去っていく二人に、漣たちは揃って頭を下げた。

――小柄で嫋《たお》やかで、けれどぱっと花が咲いたような雰囲気の人だったな。

「さて、紹介はこのくらいにして……各自持ち場へ戻るように」

祇流の仕切り直す声に、使用人たちは央我に会釈をしてそれぞれの仕事場へと散っていく。祇流が央我のほうへ体を向けた。

「では、ひとまず漣についてはこちらにお任せ頂くということでよろしいですか」

ああ、と頷いて、央我は漣に目線を寄越した。

「俺が紹介したんだからしっかり働けよ。うちはきちんと給金も出るからな」

にやりと笑った央我に、漣は力強く頷く。

「それは勿論です！　せいいっぱい、頑張ります」

手を抜くつもりは毛頭ないが、彼に恥をかかせるわけにはいかない、と気合いは入っていた。

「昼夜休まず尽くします」

決意表明を口にした漣に、央我だけではなく祇流までもが複雑そうな顔をしてみせる。

「……まあ、おいおい慣れていくんじゃないでしょうか」

「……そう願いたいな」

二人が揃って溜息を吐いたので、漣は首を傾げた。


この屋敷における漣の主な仕事はあらゆる雑事だ。厨番の仕事は朝から始まるものの、食事時の前後以外にはやることがない。

正直なところ、採用からたった数日にして漣は時間を持て余し始めていた。

「雪はいい毛並みだね」

次期ご当主の愛馬である雪の毛を専用の櫛《くし》で梳《す》きながら、そんなふうに声をかける。顔立ちの美しい白馬は、応えるように鼻を鳴らした。

厩番《うまやばん》は本来漣の仕事ではないが、手持ち無沙汰になると手伝いを申し出ていた。飼《か》い葉《ば》の補充や、簡単な掃除、それから馬の毛並みの手入れなどを、手が空《あ》く度にさせてもらっている。

数頭いる馬は皆それぞれ賢く愛らしいが、漣は央我に連れられてきたときに生まれて初めて乗せてもらった白馬の雪を贔屓《ひいき》にしていた。

「……雪、ここのお屋敷の人は皆いい人だよね」

ここに連れられて来《き》てもう二週間。毎日毎日、そんなふうに思う。

屋敷に雇われている人々は、新参の、それもオメガの漣を形ばかりではなく歓迎してくれた。生まれ故郷から満足に出たことのない漣には、他の街も、他の人々もこうなのかどうかはわからない。ただ、誰もが漣に優しかった。

以前までと同じ調子で働こうとすれば、皆「そんなに働かなくていいんだよ」と心配してくれるもので、却《かえ》って戸惑うほどだ。

「……なんか、怖いなあ……」

「——なにがだ？」

突如声をかけられて、漣はびくっと背筋を伸ばす。振り返ると、入り口に立っていたのは央我だった。

「央我様」

「よう。……お前、ここの手伝いまでしてるのか」

応える代わりに、ぺこりと頭を下げる。央我は悠然《ゆうぜん》と歩み寄ってきて、愛馬の鬣を撫でた。そうして、こちらを見やって苦笑する。

「誰かに仕事を押し付けられていたりとか、していないよな？」

「いえ、とんでもない！　そんなことをする人、いないです」

首を勢いよく振って否定する。それならいいが、と央我は頷いた。

このお屋敷の人々や、この街の人々は誰もが働き者で、優しい。豊かな土地だと思う。漣が――オメガがお遣いで商店などへ行っても、嫌な顔をする人はいない。それどころか、笑顔で接客をしてくれるくらいだ。もしかしたら領主の長子がオメガだからかもしれないが、戸惑うほどに親切だった。

「充分休ませてもらっています。怖いくらいです」

漣の言葉に、央我が片眉を上げる。

「さっきもそんな独《ひと》り言《ごと》を言っていたな。なにが怖い？」

質《ただ》されて、自分でも表現しにくくて首を傾げる。

「こんなにいい扱いを受けてしまっていいのかなあって」

漣の答えに、央我が不可解そうな顔をする。

「むしろ、お前が住んでいた町の価値観のほうが恐ろしいぞ、俺は」

「そうですか？」

「その地域にはその地域なりのそれぞれの決まりや価値観があるのはわかっていても、差別の強すぎる土地柄というのは考えものだな。宿場だというのにやけに封建的《ほうけんてき》というか……あんな山の中にあるからか？」

呆れ声に、漣はなんと答えたものかと苦笑した。

申し訳ないというよりは、もしかしたら後々ひどいしっぺ返しを食らうのではないかと不安にさえなるのだ。それくらい、今の暮らしは漣にとって穏やかで豊かだった。

「そういうわけで、動いてないと落ち着かなくて……っわ」

掃除でもしようかなと器具を手にしようとした手を阻《はば》むように掴まれた。

「央我様？」

見上げると、央我は視線を逸らし「ちょっと手伝え」と言った。

怪訝に思いながらも、馬たちに別れを告げて央我のあとを手を引かれるままについていく。通されたのは、央我の使用している書斎だった。

「資料整理ですか？」

「いや、それはこの間やっただろう。ちょっとそこへ座れ」

「……はい」

なんだろう、と思いつつ、そして央我が立っているのに使用人である自分が椅子に座るのはどうなんだろうと躊躇しながらも、指示通りに腰を下ろした。

時機を見計らったように、扉が開く。厨《くりや》の同僚たちがやってきて、机の上にお茶の用意をしていった。二人分のお茶を用意し、彼らは去っていく。

「えっと……？」

目の前にあるお茶やお菓子に、漣は目を白黒させた。

ほら飲め、と睨み下ろされ、戸惑いながら茶碗を手に取る。淡い金色の茶からは、花の香りがした。

一口含むと、渋みが少なく、甘い味が広がる。

「休憩もせずに働いているんだって？」

「え？　いえ、そんなことないですよ」

本当に覚えがないので否定すると、「わかりやすい嘘をつくな」と窘められた。

「嘘なんて言ってません。手伝いはさせてもらってますけど、仕事はしてませ――痛っ」

額を軽く叩かれ、小さく悲鳴を上げる。

「屁理屈を捏ねるんじゃない。というか、お前の場合本気で言っているからたちが悪いな」

央我は対面に腰を下ろし、茶を啜《すす》りながら「休ませてやれという意見が他のやつらから上がっている」と言う。

「休憩は休むための時間だろ」

「……そうなんですけど、今まで休憩というものが与えられたことがないので、手持ち無沙汰になってしまって、落ち着かなくて」

「休憩を与えられたことがないって、どういうことだ」

「あ、ええと……俺の場合は、ですけど。仕事ができないので、休憩時間を使っても足りなかっ……」

今度は机越しに頬を軽く引っ張られて、漣はびっくりして口を閉じる。

「仕事ができないなんてことないだろう。お前の評判は俺の耳にも届いているぞ」

「でも、本当なんです」

央我は頬をつまんでいた手を離した。

「そりゃ宿場町は忙しいだろうが、一体どんな一日の流れで休憩している時間がなくなるんだ」

かつての一日の流れを言ってみろと命じられ、漣はそれまで世話になっていたところでの仕事の内容を振り返る。

朝、日の出とともに出勤し洗濯の開始、洗濯物を干し終わったら厨房《ちゆうぼう》に入って厨番とともに朝食の準備、家人が食事をしている間に旅籠の玄関や水場の清掃、問屋場へ移動して掃除をし、帳付け関連、交易関連の手伝いしながら客の出迎えに立つ。それから昼食の準備、食器を片付けてまた清掃、遣いなどに赴いて住人たちの視察、産品などの手伝い、そして夕食の準備を始め——と説明していたら「待て」と止められた。

「……それを一人で？」

「雑用は他にもいたし全部一人でやっていたわけじゃないですけど」

特に弟の弐湖はよく手伝ってくれて、漣の手が離せないときには届け物などをしてくれていた。

「食事はいつしていたんだ、それ」

「厨で、準備中に済ませてましたよ。俺は配膳をしないので、そのときとかに、かき込んで」

「そりゃ、今の話を聞いてたら休憩する隙間《すきま》がないだろうよ……」

唖然とする央我に、漣は首を傾げる。仕事というのはそういうものだと思っていたので、驚かれたことに驚いてしまった。

「でも、俺が特別働き者だったわけでもないですよ。オメガは皆昼夜働いてましたし、俺の場合むしろ、愚鈍《ぐどん》だから時間が足りなくなってて」

むしろ毎日「もっとちゃんと働け」と言われていたので、忙しかったというより要領が悪いだけという可能性もあるのだが、黙っておいた。

「それに、弟は俺みたいに怒られたりしてませんでしたし」

弐湖は漣の元婚約者である那淡の回りの世話をしていた。実のところ、弟の業務内容についてはよく知らないが、彼が漣のように「のろま」「働け」と言われているところは見たことがないので、きちんと己の仕事をこなしていたのだろう。

お前の代わりなんて、どこにでもいる。

そう怒鳴られる度、それが事実だとわかっているから怖かった。オメガの労働力などあってなきが如《ごと》しで、それでも雇い主の婚約者だからこそいられたのに、それも取って代わられた。

「ここの暮らしが過ぎたもののようで……たまに、夢でも見てるのかなって思うんです。目が覚めたらなにか恐ろしいことになるんじゃないかとか。だから、少しでも働かないと落ち着かないのかもしれないです。すごく頑張って人並み、というか」

益体《やくたい》のない不安を吐露《とろ》した漣に、央我は目を丸くし、舌打ちをした。

「そんなことはない、と他のやつらも言っているが」

優しい同僚の言葉を伝えてくれる央我に、漣は苦笑する。だが、それは――。

「『それは多分ここのお屋敷の人が優しいから、庇ってくれているに違いない』……とか思ってるんじゃないだろうな?」

まさに図星を指されて、言葉に出していたっけと目を瞬いた。

「それは他のやつらに対しても失礼な考えだと自覚しろ。漣は頭の回転も早いし、仕事もよくできる、と祇流のお墨付きだ」

「え……」

まさかそんな言葉がもらえると思わず、素直に嬉しくなる。表情が緩んでしまった漣を見て、央我も僅かに微笑んだ。

「祇流だけじゃない。他の使用人も……厩番なんて先程直接言いに来たが、漣が根を詰めて働いているし、俺たちの仕事がなくなるから……お前の体が心配だから休ませてくれと言われて、このお茶会だぞ」

感謝しろよと冗談めかして言いながら、央我は机上を手で指し示す。

はっとして、漣は唇を噛んだ。心配だから、なんて言われたのは初めてかもしれない。

使用人ごときにお茶とお菓子、というだけでも破格の待遇だ。それが皆彼らの気遣いだと思い至る。

「『使用人』は沢山《たくさん》いるが、『漣』の代わりはいない。体を壊したら元も子もないんだ。ちょっとゆっくりしろ」

そう言って、央我は漣の頭に大きな掌を乗せる。それからわしゃわしゃと髪を掻き混ぜた。

「そもそも、オメガっていうのは丈夫な性じゃないんだ。……あんまり心配させるな」

諭《さと》す声が優しくて、不意に胸がどきりとした。

「……はい……、ちょ、強い！　強いですって！」

最初は撫でるくらいの力だった手にぐりんぐりんと頭ごと揺らされて、つい大声で言い返してしまう。央我は声を立てて笑った。

漣よりも年上だし、立場のある人のはずなのだが、こういうところは少年のようだ。やめてください、と言い返してぎゃあぎゃあ揉《も》めていたら、ふと央我が漣の背後に目を向けた。

「兄上！」

漣もつられて視線を向けると、扉の前にはいつの間に立っていたのか、央我の兄である来栖が身を隠すようにしながらこちらを覗いていた。

その綺麗な顔は、満面の笑みに彩られている。

央我はすぐに席を立ち、兄のもとへと早足で駆け寄った。漣も慌てて立ち上がり会釈をする。

「兄上、申し訳ありません、御用でしたか」

申し訳なさそうにする弟に、来栖はにこにこしながら首を振った。

「二人でお茶会してたんだ？　いいね」

嬉しそうな来栖に、央我は何故か動揺している様子だ。

——いつもにこにこしてて、綺麗な人だよなぁ。

この屋敷に来てから、来栖は幾度も漣に話しかけてくれていた。内容は他愛のないことばかりなのだが、なにを話しても彼は上機嫌だ。

——素直で、綺麗で、可愛い……俺の弟みたい。

ちくりと胸が痛んだような気がして、小さく息を吐いて散らす。

「頼馬のところに行きたいから……と思ってたんだけど」

婚約者の邸宅へ出かける際に、央我は必ず来栖を愛馬の雪で送っている。恐らく央我を呼びに来たのだろう来栖は、嬉しそうに笑った。

「うんうん、いいんだよ、いいんだよ。私は他の者に頼むから、央我はもう少し漣と話しておいで」

「なにを言ってるんです！　お一人でなんて行かせられません！」

「いや、だから他の者に頼むったら」

「そうは参りません」

そう言うなり央我は漣を振り返る。

「悪いが、お開きだ」

じゃあさっさと片付けて仕事に戻ろう。そんな考えを見越したか、央我が先手を打った。

「だがお前は夕飯までここで休んでいけ。休憩は充分とるように。他の者も、今日こそは漣に手伝わせないと言っていたから、諦めてゆっくり過ごすといい」

じゃあなと言って、央我は慌ただしく兄の手を引く。送る、送らなくていい、という問答を繰り返しながら、来栖は何度も漣を振り返り、何故か「ごめんね」と謝っていた。

ぽつんと一人取り残された漣は、夕飯までの長い時間を思いながら茶碗を口元に運ぶ。先程まで甘いと感じていたお茶が、ひどく苦く感じた。

夏も盛りになり始めた頃、領主の屋敷には来客が増えだした。長男である来栖の結婚式の話が、着々と進み始めたからだ。式は領主である彼らの父親の帰航に合わせ、年末ないし年始に行う予定だという。

この土地の有力者の結婚準備は、伝統的にとても時間をかけるそうで、まだ夏だというのに連日出入りの職人や商人、それから来栖や央我の友人たちが二日と置かずにやってくる。

今日は来栖が朝から婚約者の家に出向いていて不在だが、領主代行である央我のもとへの来客は途絶えることはない。加えて央我の友人たちは幼馴染みである来栖の婚約者の友人でもあるので、新婦の弟である央我にも祝いを言いに訪れる。

必然的にアルファの客が増えるため、オメガの使用人たちはなるべく来客中は人目につかない場所での仕事が中心となっていた。万が一のことがあっては困るからだ。

「漣！　手ぇ空いてないか！」

「はーい、なーに？」

炊事場で大量の食器を洗っているところに、同僚から声をかけられる。振り返ると、オメガの同僚は寝台の敷布《しきふ》が詰められた大きな籠《かご》を抱えていた。

「悪い、二階の来栖様たちの部屋の敷布、交換してきてくれないか。今日、風が吹いてないから乾くのが遅くなっちゃって」

「わかった、いいよ」

「ごめんな、頼んだ。俺、今から市場に行かないといけなくて……！」

そう言いながら、彼は忙しなく走り去っていく。

慌ただしい同僚を見送って、漣はさっさと洗い物を済ませ、置かれていった籠を抱えた。

「よいしょ、っと……」

さして重くはないが大きな籠を持っていると、足元が見えないのでよろけそうになる。洗い直しになると大変なので、慎重に歩みを進めた。

——あ、いい匂い。

使用人たちの洗濯には洗濯用の石鹸《せっけん》のみが使われているが、央我たちのものには石鹸だけでなく香油や香水などで香り付けがしてあるのだ。央我から時折感じる香りと同じだ。

くんくんと嗅《か》ぎながら歩きつつ、漣は来栖の部屋の扉を開ける。手早く敷布を交換し、次は央我の部屋へと向かった。

交換した敷布を片手に抱え、もう一方で籠を抱えて歩いていたら、不意に籠が浮いた。

落としそうになったかと慌てると、目の前に知らない男性が立っていて息を吞む。どうやら、彼が漣の手から籠を取ったらしい。

艶のある薄茶色の髪と碧の目が印象的な男性は漣の顔を覗き込み、にっこりと笑う。

「どこに持っていくの？　重そうだし、俺が持っていってあげる」

「えっ……？　い、いえ。あの、大丈夫です」

その見た目や立ち居振る舞いから、彼がアルファだということは察せられる。アルファで、しかも客人に手伝わせるなど有り得ない。

とんでもないと固辞する漣に「いいからいいから」と朗らかに笑った。

「こっち？　央我の部屋？」

「いえ、本当に大丈夫ですから……！」

呼び捨てにするということは恐らく彼は央我の親しい知人なのだろう。焦《あせ》る漣を尻目に、彼はすたすたと央我の部屋に近づいて扉を叩いた。

「央我、入るぞー」

「あの、お待ちください……っ」

央我の返事を待たずに、彼は扉を開けてしまう。部屋でいつものように読書をしていたらしい央我は、並んで現れた二人に目を丸くしていた。ぱたんと本を閉じ、央我が右目を眇める。

「……なにをしているんだ、お前は」

「す、すみません……っ」

叱責《しっせき》するような低い声で問われ、狼狽えつつ頭を下げる。

だが、央我が問いかけた先は漣ではなく、傍らに立つ男だったようだ。

「漣のことじゃない。……何故お前が一緒にいる、風唔《ふうご》」

央我に睨まれて、風唔と呼ばれたアルファの男は肩を竦《すく》めた。

「両腕にいっぱい荷物抱えた子がいたら手伝うのがアルファの紳士だろー？」

ねー？　と風唔は漣に微笑みかけながら、肩を抱き寄せてきた。いくら身分や性別に寛容な土地とはいえ、アルファにこんなふうに親しげにされるのは初めてで、どう反応していいかわからない。

央我は小さく舌打ちをして大股《おおまた》で歩み寄ってくると、奪い返すように漣の手首を摑んだ。それから漣を庇うように間に割って入る。

「なにが紳士だ。下心丸出しのくせに。手を出すなよ、この悪食《あくじき》め」

確かに「オメガの使用人相手など悪食に違いない」と納得できる。それなのに、央我に「悪食」と言われて傷ついた。

普段はなんともないのだが、最近――あのお茶会以降、央我のなにげない一言に、胸がざわつくことが増えたような気がする。

「やだな、博愛主義者って言ってよ。そんなことより、お兄様と共通の友人が結婚するって聞いてせっかく忙しい合間を縫ってやってきた友人にもうちょっと優しくしてくれる気はないのー？」

「優しくされたかったら言動に気をつけろ」

睨む央我に、風唔は声を立てて笑った。

風唔は籠を床に置き、しげしげと漣を眺めて、それから央我に視線を移した。

「もしかしなくても、この子が例の？」

――例の？

一体なんだろう、と怪訝に思いながらも距離を取る。央我は渋面のまま「お前には関係ないだろ」と唸《うな》った。

風唔はにこにこしながら、「ねえ知ってる？」と漣に話しかけてくる。

「央我って子供の頃からとてもやんちゃで暴れん坊でね」

「おい！」

やめろ、と怒鳴る央我を無視して、風唔は楽しげに話し出す。

やんちゃだった央我だが、優しい兄の言うことだけはよく聞いたそうだ。両親に叱《しか》られるよりも、来栖に叱られるほうが覿面《てきめん》に効くので、使用人は困ると来栖に頼っていたのだとか。

そういう話を聞くことはないので、漣はつい頬を緩めてしまう。

「いっときは、兄君をお嫁さんにするんだと主張するほどで、兄弟では無理だと言われて、それはもうごねて。そのときは兄君が宥めてもすかしても、何日も臍《へそ》を曲げてたんだ」

想像すると微笑ましくて、思わず小さく吹き出してしまう。

「あれ。でも、頼馬様って幼馴染みでいらっしゃるんですよね？」

「そ。だから二人が付き合い始めたときは、この男は三日三晩拗《す》ねてねー。飯も食わないって部屋に立て籠もって」

「やめろ」

歯軋《はぎし》りするほど嫌そうに言う央我に、風唔が揶揄《からか》うように含み笑いをする。漣も合わせてにこやかにしていたが、自分の胸がまたずきずきと痛むのを感じた。近頃本当に胃の調子が悪いな、と胸のあたりを擦る。

「……でも、今回はそうでもなさそうでね。よかったよ」

ね、と笑いかけられたが、なんと答えたらいいかわからず曖昧に首を傾げた。漣、と央我に呼ばれ、はっとして距離を取る。

「あの、仕事がありますので」

　ぺこりと頭を下げ、漣は早く立ち去ってしまおうと央我の寝台に駆け寄った。古い敷布を外し、手早く洗いたての敷布と交換していたら、風唔が「へぇ」と言いながら笑っていた。

　央我が「なんだ」と不機嫌そうに問いを投げる。

「いーや？　なんか、いやらしいなぁと思って」

　恐らく己に向けられているであろう科白の意味がわからず、内心困惑しながらも、聞こえないふりをして黙々と作業を続ける。

「お前はなにを言ってるんだ」

「だって、自分が汚す敷布をこうやって自らまめまめしく替えるんだろ？　いいね。俺そういうの、そそるんだよね」

「……お前は本当になにを言ってるんだ」

　敷布は毎日替えているので常に清潔だし、まして漣が汚すことなんて有り得ないし、そんな状況が浮かばない。

　漣だけでなく央我もよくわからないことだったのだろう、同じ言葉を二回言ったその声には戸惑いが滲んでいた。

「で？　二人は普段どういうことしてんの？　この子、使用人なんだろ？　どういう感じ？」

　興味津々とばかりに問われて、央我は大きく嘆息する。

「別になにもしていない」

「なにもしてないってなんだよ。ちょっとくらい教えろって」

二人がなんの話をしているかわからないまま、寝台を整えることに没頭する。

不意に、風唔が央我の脇をすり抜けて、漣の真横に立った。反射的に身を引いたが、彼は更に一歩近づいて間合いを詰めてくる。

ずいっと顔を近づけて、風唔は漣の手を取った。大きな手に握られ、息を呑む。

「こんな朴念仁《ぼくねんじん》やめにして、俺と遊ばない？　もっと素敵な場所に連れてってあげる。……って、いててて」

「近づくな」

漣に触れていた手を捻り上げられ、風唔は身を捩《よじ》る。風唔には申し訳ないが、ほっとして胸を撫で下ろした。

「――漣」

「っ、はい」

不意に名前を呼ばれて、背筋を伸ばす。

「お前、ちょっとこのままここにいろ。俺はこいつを追い出しがてら、兄上を迎えに行ってくる」

そう言うなり、央我は風唔の手を離し、交換し終えた敷布を籠に入れて無理矢理風唔に持たせた。

「洗濯場に持っていけ。そして帰れ」

「ちょっと⁉　俺、客なんだけど⁉」

でもそれは俺の仕事でと漣が申し出るより早く、央我は風唔を引きずるようにして部屋を出ていってしまった。取り残された漣は、ぽかんと扉を見つめる。

——い、いいのかな……？

主人である央我の言いつけとはいえ、アルファで、しかもお客様である風唔にそんなことをさせては、なにか問題になったりはしないのだろうかとおろおろしてしまう。けれど二人の姿はもうないし、ひとまず央我の言う通り一人でここに待機しなければならない。

——……結構今日も忙しいんだけどな。

客人に使用人の仕事を押し付けたことも相俟《あいま》って、そわそわと落ち着かない。窓の外を覗いて、やっぱり皆忙しそうだから早く戻らないと、でも央我の言いつけだし、という考えが交互に過る。

しばらくの間、窓の外を見ながらぐるぐる悩んでいたら、扉が開く音がした。もう央我が戻ってきたのかと振り返り、漣は固まる。

「やあ」

扉の前に立っていたのは、央我ではなく先程追い出されたはずの風唔だった。彼はひらひらと小さく手を振りながら、漣のもとへと歩み寄ってくる。

「戻ってきちゃった」

帰ったのでは、という胸に浮かんだ疑問に風唔が先んじて答える。

「あの、央我様はまだ……」

「そうだね。まだかなー？」

故郷にいた頃に出会ったアルファとも、央我や頼馬とも違う雰囲気の彼に、漣は戸惑う。

――どうしよう。

アルファと二人きりという状況に、鼓動が早くなるのがわかる。仕事の関係でアルファと顔を合わせる機会は多かったが、こんなに接近されることはなかった。

体が震える。考えてみれば、央我とは初対面のときでさえこんなに緊張しなかったのに。

青褪める漣の様子に気づいて、風唔は苦笑した。

「やだな。いくら俺でもこんなところで手籠《てご》めにしたりしないよ」

手籠め、という言葉にびくりと硬直する。風唔は「だから、しないってば」と笑う。

「俺は単に央我が、――」

そう言いかけて、風唔は口を噤んだ。

不意に風唔に頬を触れられて、息を詰める。じいっとこちらを見ながら肌を撫でられて、払いのけたかったけれど主人の友人であるアルファに無礼は働けない。

固まる漣の顔を眺めていた風唔が「漣、だっけ?」と問う。

「……はい」

頷いた漣に、風唔は右目を眇めた。ううん、と眉を寄せ、より顔を近づけてくる。

「あのさ、俺たち前にどこかで会ったことない?」

そんな問いかけに、漣は困惑する。けれど風唔もまた「いや」と自分の言葉を打ち消した。

「会ったっていうか、俺、なんか……漣の顔に見覚えが……」

矯めつ眇めつ、値踏みをされるような視線に落ち着かないまま、漣は口を開く。

「……俺、前に宿場町にいたので、もしかしたら」

「え？　ああ！　……あ？　うーん、そっか、それか……？」

思い至ったような、けれどそうでもないような反応を示し、風晤は「うん、そうかも？」と首を捻る。

「宿場町ってどこの？」

「ここから一番近い……東の山間にあるところで。そこの大旅籠と問屋場にいたので、もしかしたら」

近いといっても馬で一昼夜かかる距離ではあるのだが、宿場でいえば最寄《もよ》りの場所だ。

「ああ、なるほど。あ、申し遅れたけど俺、貴族なんだけど商いもしててね。兄君の婚礼衣装の布はうちの商会から卸してるんだよ」

ならば、恐らく旅籠で漣を見かけたに違いない。人馬を出迎える業務もしていたので、商人ならば会っていてもおかしくなかった。

「そうなんですか。……あまりお見かけできない意匠《いしょう》の、希少なものでしたね」

その布は漣が検品を担当したので、よく覚えている。宿場などでもめったに見かけることのない代物で、領主や代行が来栖のためにと探したものだ。

「お、わかる？」

「ええ。絹の金糸は大変希少なものですよね。着色ではなく天然の金糸での刺繡《ししゅう》はそもそも流通が少ないので、探すのも本当に大変かと」

「そうなんだよ！　わかってくれる!?」

笑顔になった風晤にほんの少しほっとしながら、窓際からじりじりと体をずらす。

「そういえば今日ここに来るちょっと前に、その東の宿場に立ち寄ったよ」

「そうですか」

弟たちの子供はまだ生まれてはいないだろう。きっと、相変わらず仲良く、仕事も忙しくしているに違いない。

風唔は頭を掻いて首を傾げた。

「でもなんだか、あちこち大変そうだったな。問屋場の前なんて人だかりができてて、なんかやたら揉めてたし」

「最近、なにか大きな貿易でもありましたか？」

「いやあ、そういうんじゃないと思うけどどね。もっとも、あそこではいつも通り過ぎるだけだから俺は詳《くわ》しくは知らないんだ」

そう言った風唔が、先程より距離を詰めてきているのに気づいた。

はっと体を引いたが、首筋と腰を引き寄せられて息を呑む。たとえ首輪をしていても、オメガにとって項に触れられるという事態は、それだけで本能的な恐怖を覚える。首輪越しでも感じる抵抗と嫌悪は、もはや反射だ。

風唔は漣の反応に対し特に不快感を表すこともなく、だが「あれ？」と不思議そうに首を傾げた。

「なんだ、君らまだ番契約もしてないんだ」

「え……」

「とっくにお手つきなのかと思ってた」

なんのことを言われているのか判然としないまま、首と首輪の隙間に指を入れられて、ぞくっと背筋が震えた。

「いや、お手つきはお手つきなのかな？　あいつって夜のほうはどう？　どういうつもりで付き合うことになったの？」

「申し訳ありません、手を――、……っ！」

離してほしいと言いかけた漣の首元に、風唔が顔を近づけた。顎の下、頸動脈《けいどうみゃく》のあたりに口付けられる。

「……っ？」

思わず小さな悲鳴を上げてしまった。自分が一体なにをされているのかわからず、体が硬直する。いや、と叫びそうになった瞬間、扉が開いた。そこに立っていたのは央我だ。

その切れ長の瞳に、怒りが浮かぶ。

「――お前」

咄嗟に、漣は風唔の体を押しやる。弾き飛ばされた彼は、床にひっくり返った。央我と風唔が揃って目を丸くする。

「っ、申し訳ありません、ご、ご無礼を……っ、失礼します！」

床の上に頭を擦りつけるようにして謝罪してから、漣は弾かれるように立ち上がり部屋を飛び出した。

――怖い。怖い、怖い……！

手で擦っても皮膚に触れられた感触がいつまでも残っていて、気持ちが悪い。

もし、央我が入ってこなかったら、自分は一体あのあとどうなっていたのだろう。

半泣きになりながら首を何度も擦り、厨へと逃げ込んだ。既に明日の仕込みは終えられていたようで、誰もいない。

震える息を堪えるように、漣は口元を押さえ、厨の隅にしゃがみ込んだ。

——……どうしよう。

首を擦る。混乱して、どうしたらいいのかわからない。

逃げるときに咄嗟に風唔を突き飛ばしてしまった。彼はアルファの貴族で、大事な婚礼衣装用の布を卸すような商人で、領主代行である央我の友人だ。

漣が過剰に反応してしまっただけで、彼はただ鼻先を近づけただけだったのかもしれない。そう考えれば、揶揄われただけなのに真に受けるなと、友人に対して失礼な態度をとったことを叱責されるだろう。

——……央我様、怒ってた。

じわりと目に涙が滲む。

部屋の中に入ってきたときに、憤りの表情を浮かべていたのは多分気のせいではない。

怒らせたのだ、多分。自分の部屋で使用人が友人といやらしいことをしているように見えたのかもしれない。オメガの漣が誘ったと思われたかもしれない。訴えたところで、だからなんだと思われておしまいかもしれない。

――違う、央我様は。

そんな人ではない。でもわからない。

相反する気持ちに混乱し、困惑し、悲しくなって、両目からぽろぽろと涙が零れた。

小さく深呼吸をし、嗚咽を漏らしながら漣は膝を抱える。悪いほうへ悪いほうへと考えが傾いてしまい、また胸が強く痛んで、漣は手で鳩尾《みぞおち》のあたりを圧迫した。

――解雇されたらどうしよう。……でも港に行けば、この街なら俺みたいなオメガでも就職口はありそうだし、なんとかなるかな。

時折、央我が街に連れ出してくれる。街ではベータだけでなく働くオメガの姿をよく目にした。皆きちんと賃金をもらい、自立している。

案外生きていけるかも、次も厨房で働く仕事が見つかるといいなあと頭の隅で次の働き口の算段をつけていたら、廊下からどたばたと足音が聞こえてきた。

来客でもあったのだろうかとほんの少し首を伸ばして出入り口のほうを見た瞬間、厨の扉が勢いよく開かれた。

「――漣！　ここか⁉」

飛び込んできたのは央我で、思わず息を呑む。

物陰でしゃがみ込んでいる漣には気がついていないらしく、央我がきょろきょろと探すような仕種《しぐさ》をした。叱られたり最後通牒《さいごつうちょう》を突きつけられたりするのだろうかと思うと、名乗り出る声がなかなか出せない。

「漣！」

ち、と苛立ったように舌打ちする気配がして、漣は慌てて立ち上がった。

死角からにゅっと現れた漣に、央我が一瞬驚いたように目を瞠る。そして、大股で近寄ってきた。

ぶたれる、と反射的に身構えた漣の肩を、央我の大きな手が摑んだ。

「――無事か⁉　なにもされてないな？」

思いもよらぬ言葉をかけられ、目を瞬く。央我は漣の服装を確認し、そして首輪に触れてほっと息を吐いた。

「……なにも、されてないな？」

再度確認されて、戸惑いながらも今度こそ頷く。はい、と言ったつもりが声にならなかった。

大きく息を吐き、央我がそっと漣を抱き寄せる。央我の息は上がっていて、その胸元からは少し汗の香りもした。

強張っていた体から、ふと力が抜けるのが自分でもわかる。無意識に抱き返そうとしたが、身動《みじろ》ぎした瞬間に央我が慌てて腕を解いた。

「すまない、アルファに襲われたばかりだというのに、不用意に触っ――」

なにかを言いかけていた央我の胸に、今度は自分から飛び込む。

そんなことない、と言いたくても言葉にならなくて、漣は央我の胸元に顔を埋めたまま頭を振った。

体は、まだ震えている。躊躇うように、央我は再び抱きしめてくれた。

「……お前、逃げるならもっとわかりやすいところに逃げろ。厩やら寮やら庭やら探し回ったぞ」

漣の体の震えが収まった頃にそう言って、もう一度央我は大きく息を吐く。

「す、すみません……？」

今度は、か細いながらも声が出た。

いや、と言いながら央我が漣の首を擦る。状況が飲み込めず央我の顔を見上げていると、「悪かった」という謝罪が落ちてきた。

「あいつの性格を考えれば、お前を一緒に連れていくべきだった。詰めが甘かった、すまない」

部屋から出るな、と言い置いていたのは、風唔や他のアルファとの遭遇を避けさせるためだった、ということらしい。施錠すればよかった、と央我が歯噛みする。

「悪かったな、今度は気をつける。……なんだ、その顔は」

余程間の抜けた顔をしていたのか、央我が怪訝そうに問いかける。

「いえ、あの……怒ってないんですか？」

「は？　怒っているだろう、さっきからあの馬鹿に」

そうじゃなくて、と漣は首を横に振る。

「俺、央我様にも、風唔様にも……とても失礼なことを、してしまったので……」

央我は一瞬不可解そうな表情を作ったが、漣の意図を読み取って顔を顰めた。

「お前がなにをしたというんだ。むしろ怒っていいんだ、あいつにも俺にも」

「でも、使用人が……オメガが、アルファに……」

オメガである自分が、風唔にも央我にも怒る理由なんてない。

逆らうなんて許されないことだと言おうとした漣の口を、央我の掌が塞《ふさ》いだ。唇に触れられた感触に、息を呑む。

そうされてみて、自分の唇がまだ震えていたことを認識した。

「そういうことを言うんじゃない。……性別なんて、関係のない話だ」

でも、と反駁《はんぱく》したかったが、唇に央我の手の感触を意識してしまって口を開けない。

「立場が上だから好き勝手していいわけじゃない。逆だ。立場があるから人を虐《しいた》げてはならない。オメガだからといって必要以上に自罰的《じばってき》になるな。文句があるなら言え。ひどいことをされたら訴えろ。俺たちは、ちゃんとその訴えを聞く耳を持っている」

いいなと念を押すように言われ、漣はこくりと頷いた。央我は目を細め、漣の頭をぽんぽんと軽く叩く。

不意に、その手の甲に傷ついているのが目に入った。

「央我様、お怪我を……！」

「別になんでもない」

慌てて手を取った漣に、央我はわかりやすい嘘をつく。じっと見つめたら、観念したように「ちょっと風唔を殴っただけだ」と言った。

「えっ⁉　何故です⁉」

咄嗟に叫んだ漣に央我はなんとも言いようのない顔をして、漣の頭を小突いた。

「ほら、戻るぞ」

問いには応えず、そう言って央我は踵を返した。手を差し出されて、戸惑いながらも恐る恐る握る。震えはもう止まっていた。

——なんで、こんなに優しくしてくれるんだろう。

この地域は、オメガにも優しい。けれど、央我は特に優しい気がする。それは、やはり彼が一番心を傾けている実兄がオメガだからだろう。

そんな事実を胸中で確認したら、どうしてかまた胃がきりりと痛んだ。

部屋に戻ったら既に風唔の姿はなく、ほっと胸を撫で下ろす。机の上に置かれていた紙の上には「央我のばーか！　乱暴者！　恩知らず！」と子供じみた悪口が書いてあり、央我は思い切り顰《しか》めっ面を作り、それを勢いよく破り捨てた。仲のいい友達なのだなあ、と少し笑ってしまった。

そんな出来事は、央我と風唔と漣だけの間で完結したものかと思っていたが、どこからか話が漏れ、使用人のほぼ全員が知るところとなったらしい。

祇流は漣だけでなく、オメガの使用人全員に、「なにかあったらすぐ言うように。無礼を働かれたら突き飛ばしてでも逃げなさい」と訓示した。

それから数日後の水曜日の昼休憩中に、オメガの寮に大きな木箱が届けられた。

受け取った同僚が苦心して箱を引きずっていたのを見て、ちょうど食堂から出たばかりの漣も手を貸す。

「あー、ありがと漣」

「ううん。これって……？」

「今月の抑制剤が届いたんだよ」

この屋敷では抑制剤を自費で買う必要はなく、雇用主から支給される。毎月一週目の金曜日に、一ヶ月分の抑制剤が人数分届けられるのだ。抑制剤は様々な形状のものがあり、漣はこれまで錠剤のものを服用していたが、この屋敷の使用人たちは液状のものを与えられていた。

抑制剤は液薬で瓶詰めにされているため、木箱に詰められると非常に重量がある。

「人数分ちゃんと納品されてるか確認しなきゃいけないから、漣、ついでに手伝ってくれる？」

「勿論」

玄関に面した応接間の端まで箱を移動させる。納品書を片手に、手分けしながら瓶を確認していく。

「ねー、漣ってさ」

確認しながら、同僚が口を開く。「ん？」と返すと、「央我様と仲いいよね」と言われた。

「仲がいいわけじゃないよ。拾った責任を感じてるんだと思う」

「えー、だってこの間も、お出かけしたんでしょ？」

「あれはお遣い」

とはいえ、二人で行かなければいけない用事でもなかったのだが、相変わらず休憩もとらずに仕事をしようとする漣を、央我は街へ連れ出した。内緒だぞ、とお菓子を買ってくれたのは皆には秘密にしているが。

「央我様はオメガ皆に優しいけど、漣には特別目をかけてるよ」

その言葉に、図星を指されたからではなく期待するように跳ねた胸に、自分でも戸惑った。期待とは、なにに対する期待なのか、判然としない。

「……そんなことないと、思うけど。ほら、おしゃべりしてると数え間違えるよ」

はいはい、と同僚は指差し確認をする。

「あれ？」

「ほら、数え間違った」

同僚はうるさいなあと笑ってもう一度数え始めて、そして首を傾げる。

「予備にしてもいつもよりちょっと数が多いような……、あっ」

瓶を持ち上げて内容を検《あらた》めていた彼が、慌てたように声を上げる。

「来栖様の分がこっちに入っちゃってる。もしかして入れ替わったのかな？」

もう一度手分けしながら数え直し、従業員の分と入れ替わってしまったのではなく、単にこちらの荷物に交じってしまったのだということがわかった。

「あ、じゃあ俺届けに行ってくるよ」

来栖の手元にもまだ残っている分はあるだろうし、今すぐに届けなければ大変な事態になるというわけでもないのだが、雇い主の持ち物をオメガの寮で預かりっぱなしでいるのもよろしくない。

「悪い。でも昼休憩が終わってからでも」

「こういうのは後回しにしないで早めに動いたほうがいいでしょ。じゃあ行ってきます」

来栖の分を布袋に詰めて、漣は急いで屋敷の勝手口に向かう。使用人と挨拶《あいさつ》を交わしながら、来栖の部屋へと足を向けた。

——この街の人たちは本当に皆、気安くていらっしゃるなぁ。

この屋敷が特別、というよりは、都会という場所がそういうものなのだと漣はここに雇われてから知った。

根底には「オメガが下」という風潮は残るものの、この時代に実際に「オメガのくせに」などと言おうものなら人権問題になるのだという。それを平等な地域だと思う一方で、決して差別されたいわけではないがまだ戸惑うことも多かった。

だがやはり「次期当主がオメガの兄を大事にしている」という背景も大きいのだろう。

——なにせ、ご当主やご子息のお部屋に、オメガが直接うかがってもいいんだものな。

例えばこういった届け物の場合でも、主人と接することができるのは上級使用人のみで、オメガは上級使用人とも直接は会話せず、ベータの使用人を介するのが以前暮らしていた場所の「普通」だった。

けれどここでは「用件があるなら直接」と言われるのだ。当初は戸惑ったし、緊張感はあるものの、確かにそのほうが時間の無駄がないと今は思えた。

来栖の部屋は最上階の最奥にある。部屋の前に差し掛かり、ふと扉が開いていることに気がついた。

——出かけていらっしゃるのかな?

ならば薬だけ置いて、その旨《むね》を上級使用人の誰かに伝えようと思って隙間を覗く。長椅子で横臥《おうが》する来栖の姿が目に入った。その細い腕に、本を抱いて眠っている。どうやら、読書中に睡魔に襲われてしまったらしい。

上掛けをかけて差し上げねばと入室しようとしたのと同時に、「兄上」という声が部屋から聞こえて咄嗟に足を止めた。

——央我様、いらしたんだ。

ちょうど死角だったあたりから、央我が姿を現した。

声をかけてもよかったのだが、長年刷り込まれていた「アルファの雇用者においそれと話しかけてはいけない」という意識が働いて息を潜めてしまう。

彼は兄の傍へ歩み寄り、もう一度優しい声で「兄上」と呼びかけた。

「風邪を引いてしまいますよ」

けれど、来栖は深く眠っているようで返事をしない。ほんの少しの間のあと、央我は長椅子で眠る兄を横抱きにそっと抱き上げた。安らかな寝顔を、じっと見つめている。

——えっ？

思わず声を上げそうになり、漣は息を呑む。

寝台に運ぶ途中、つと足を止めた央我が、腕の中の眠る兄の顔に自分の顔を寄せていた。

唇を合わせる寸前で逡巡《しゅんじゅん》し、そっと額に口付けたのだ。

弟が兄にする親愛のそれのようでいて、なんだか違う。思いつめたような央我の横顔が、それを感じさせた。

驚きのあまり、手にあった袋を漣は取り落としてしまう。

「あっ……！」

毛足の長い絨毯《じゅうたん》の上に落とした袋は、中で瓶がぶつかって甲高い音を立てる。

漣は慌てて袋を開けて検めた。薬液の入った瓶には、どちらも罅《ひび》ひとつ入っておらずほっと胸を撫で下ろす。摑んでいた瓶を袋に戻そうとしたのと同時に、視界の上方から腕が伸びてきて瓶を取り上げた。

反射的に顔を上げると、先程まで部屋の中にいたはずの央我が立っている。

「――！」

驚愕に硬直している漣を尻目に、央我は薬瓶を取り上げ、部屋の中へと戻っていく。そしてこちらが逃げる間もなく戻ってくると、まだ座り込んでいる漣の二の腕を摑んで引き立たせた。ひ、と息を吞む。

「お、央我様……っ」

「騒ぐな」

小さな声で短く命令し、央我は漣を引きずるようにして廊下を歩く。そうして、彼の自室に押し込まれた。突き飛ばされた漣はつんのめって、寝台に倒れ込む。

「……っ！」

逃げる体勢を整える間もなく、大きな掌に肩を摑まれて押し倒された。手首を縫い止めるように寝

台の上に押さえつけられる。切れ長の目に睨み下ろされ、漣は凍りついた。

普段アルファとは思えないほど普通に話しかけてくれていたはずの央我の剣幕と、押さえつける腕の強さに、息が止まりそうだ。

つい先日、心配して抱きしめてくれたときと同じくらいの力の強さなのに、今は痛くて堪《たま》らない。

——胸が、痛い。

押さえつけられた手よりも、胸が痛かった。どきどきと早鐘を打つ心臓は、いつもと違って疼《うず》くような痛みを訴えている。ひやりと冷えるような感覚もあって、苦しい。

脳裏には先程、央我が来栖の額に口付けた映像が何度も蘇《よみがえ》り、漣の胸を締め付ける。形容しがたい恐怖のようなものに襲われて戦《おのの》いた。

「……主人の部屋を盗み見するとはいい度胸だな」

そんなつもりはない、と否定しようとしたが、うまく声にならない。

蒼白になって恐慌状態に陥っていると、央我は小さく舌打ちをし、漣の顎を摑んだ。

「なにを見た。言え」

上から凄まれ、漣は震える唇を開く。

「っ、来栖様に、央我様がくちづ——」

素直に白状しようとした漣の口を、央我がすぐさま掌で塞いだ。それから央我は大きく溜息を吐く。

「……そういうときは『なにも見ていない』と言うものだぞ、お前」

央我が、やっといつものような口調に戻った。緊迫した空気が突如和らぎ、強張っていた漣の体から力が抜ける。

――怒っていたんじゃなくて……動揺して、焦ってた……?

気まずげな顔をしている央我に、漣は恐る恐る口を開いた。

「でも、そんな嘘を言ってもごまかされてはくれないかと、思って。央我様が眠っている来栖様にくちづ――」

「それ以上言ったら犯して孕ませるぞ」

半ば本気、半ば冗談のような口調で言われ、慌てて口を閉じる。央我は苦笑し、そして「乱暴なことをして、悪かった」と謝って、漣の上体を起こさせた。

「悪い。……混乱して、慌てて……頭が真っ白になった」

寝台の上に座ったまま、央我が再び大きく嘆息する。がしがしと頭を掻いて、苦虫を噛み潰したような顔をした。

「どこか痛めてないか」

そっと手が伸ばされ、触れられる前にぱっと両手を挙げた。

「全然、なんともないです!」

どうにか笑顔を作ると、宙で止まっていた央我の手が引っ込められる。

「あの……、央我様は来栖様のことを……?」

口をついて出た疑問に、央我は微かに目を瞠った。彼の柳眉《りゅうび》が呆れたように寄せられ、彼は漣を注視する。央我はふっと頬を緩めた。

「お前、怯《おび》えたふうにしながらよくそういうことをずけずけと訊けるな」

笑いながらの指摘に、慌てて頭を下げる。

「え、あ、すみません」

「別に構わないがな」

宝石のような美しい碧色の瞳がきらりと輝き、ゆっくりと瞬きをする。

「……愛していたよ」

低く、耳に心地のいい声で呟かれたその一言に、漣の心臓が大きく跳ねた。

誰かが愛を囁《ささや》く言葉を間近で聞くのは、これが初めてではない。元婚約者が弟によく言っていた。そのときはなんとも思わなかったのに、央我の言葉と声に、漣の胸の奥はすうっと冷える。

無意識に、漣は央我の手に触れた。央我は微かに目を瞠り、漣の腕を引いて抱き寄せる。痛いくらいの力で漣を抱く腕は、震えていた。

「兄上を、愛していた。誰よりも……他の誰にも奪われたくないほどに。この心も全て、兄上に捧げたかったたくらいに」

苦しげに呟いて、央我は漣の首元に顔を埋める。

そう呟き、央我は口を噤む。どうしたらいいのかわからず、慰める言葉も見つからない。

「でも、今は」

——そうだよ、今は……来栖様には、婚約者が……。

漣は恋というものをしたことはないが、央我の胸中を想像するととても辛い。

触れた部分から、彼の悲しみや苦しみが流れ込んでくるようだった。

「あの、央我様と来栖様は……血が繋《つな》がってはいない、ということですか」

漣の問いかけに、央我の体がぴくりと動く。

顔を上げ、央我は小さく笑った。自嘲的《じちようてき》なその顔に、自分が無神経な問いを投げたことを遅ればせながら自覚する。

「いいや？」

ぐ、と漣を抱きしめる力が更に強くなる。けれど今度は不思議と恐しくはなかった。

「兄上と俺は同じ母親の腹から生まれた、正真正銘の、血の繋がった兄弟だ」

自嘲の笑みを浮かべて、絞り出すように央我が言う。

それでも恋する気持ちが止められなかったのだと、消え入るような声で言葉を繋いだ。

「気味が悪いか？　滑稽《こつけい》だろう？　それでも、俺は——」

央我は漣の目を見つめ、口を噤む。

同情か共感か、漣の胸は再び締め付けられるような痛みに襲われた。央我は決して涙を見せてはいないけれど、漣のほうが泣いてしまいそうだ。

——あのとき。

不意に、初めて会った日のことが脳裏を過る。

花に埋もれて、央我は泣いていた。

あの前日は、来栖と頼馬の婚約の儀があったのだと、後々聞いた。そのときはどうしてそんなおめでたい日に、と疑問に思ったけれど、腑《ふ》に落ちる。

央我のことだから、きっと笑顔で兄と友人を祝福したに違いない。それでも破れた恋の痛みに耐えきれず、一昼夜馬を走らせなければ着かない遠くの集落へとやってきたのだろう。

じっと、眼前の央我の瞳を見つめる。宝石のように輝くそこには、漣が映っていた。けれど、その宝石は今、きっと来栖を想って潤んでいる。

――ああ、なんだ、そっか。

胸の奥で、薄氷《はくひょう》のように脆《もろ》いものがぱきんと音を立てて壊れるような心地がした。

――俺、央我様のことが……好き、だったのか。

他の人を想って心を痛めている央我を見て――漣のことはなんとも思っていないのだという証明に、こんなに傷ついている。

央我に特別優しくされているような気がして、周囲からもそう指摘されて、やっぱりどこかで淡く期待していた己に気づき、愚かで恥ずかしくて、消えてしまいたかった。

来栖と同じオメガだから、優しくされていただけだったに過ぎない。自分はやっぱり、代用品にもならないのだ。どうせ叶わぬ想いなのだから、気づかないままでいたかった。

「……言いません」

覚えず零れた言葉に、央我がはっと瞠目する。まるで、そこにいる漣をやっと認識したかのようで、ちくりと胸が痛んだ。

「誰にも言わないです、絶対に」

実兄に対する恋情を嘘でも肯定することができない代わりに、ただ彼を否定せず、その気持ちを秘することだけを約束する。

美しい碧色の瞳が、揺らいだ。

央我が何事か発しようと唇を動かしたのと同時に扉を叩く音がして、二人揃ってそちらへ顔を向けた。

「央我、この薬持ってきてくれたの――」

応じるより早く、兄弟の気安さからか来栖が扉を開けた。手には先程漣が運んだ薬の瓶が抱かれている。

来栖は二人を見てきょとんと目を丸くし、それから雪のように真っ白な頬を薄紅色に染めた。

「えっ、あっ、ごめんね……！」

慌てて来栖が背を向ける。

彼の反応の意図を一瞬図りかね、そして漣は自分が寝台の上で央我と抱き合っているという事実に思い至った。央我も同様だったのか、彼は数秒置いて、弾かれるように寝台を下りる。

「ち、違、違うんです来栖様、これは――」

「兄上、別になにも気にされるようなことは……！」

二人であわあわと言い訳していると、来栖がちらりと肩越しにこちらを振り返った。顔は真っ赤だが、来栖は満面の笑みだ。

「……君たち、やっぱりそういう仲だったんだ？」

――「やっぱり」⁉

そんな事実もないのに納得されて、無言で困惑する。そういうとはどういう仲なのか。

「央我ったら、いつもはぐらかすんだもの。やっぱりだった！」

焦る頭でうまく整理ができず、漣は目を回しそうになる。とにかく誤解を解かなければ。

「来栖様、あの、違うんです、その、俺たちはそういうんじゃ――」

「――ええ、実はそうなんです」

否定しようとした漣の言葉を奪うように、央我が肯定する。

――えっ⁉

漣は思わず央我を凝視した。央我はいかにも胡散臭《うさんくさ》い、だがとても爽《さわ》やかな笑顔を浮かべて、優しく漣の手を引いて、寝台から下ろす。

来栖は花弁のように可憐《かれん》な唇を小さく尖らせる。

「どうして教えてくれなかったの？　僕、何度も訊いたのにいっつもはぐらかして……いつから二人は恋人同士だったの？」

「拾った当初はそういうつもりはなかったのですが、気にかけているうちに徐々に……」

息をするように嘘をついて、央我は漣の肩を恋人にするように抱き寄せる。たくましい腕に抱かれて、心臓が大きく跳ねた。央我は漣の気持ちを知らないからこんなことができるのだろうが、失恋したばかりで、こんな状況は笑えない。

「そうだよね！　央我は恥ずかしがって全然認めてくれなかったけど、みーんな知ってたんだよ！」

「……すみません」

笑顔で謝罪する弟に、来栖は興奮しきりだ。

それは一体なんのお話ですか。

俺も知らない話をなんで「皆知って」いるんですか。

そう言いたいけれど口を挟みにくいのは、央我が睨みを利かせているし、来栖がとても嬉しそうだからだ。弟の嘘を、目を輝かせながらうんうんと聞いている。

話を聞く限り、直接漣に訊ねに来る人物はいなかったものの、央我は主に来栖から「連れてきたのは恋人？」「好きな子を連れてきたんでしょ？」と問い質されていたらしい。

――皆って……ご家族とかお友達のことかな。それとも使用人も？　でも俺、皆からそんなの訊かれたことないんだけど……。

同僚たちから央我との関係を訊かれたのは働き始めの頃だけで、「地元で仕事がなくて困っていたら、旅行で立ち寄っていた央我様に雇い入れてもらえた」と説明したきりだ。それ以上追及されたこともない。

――来栖様が嬉しそうに、央我様と俺が付き合ってるかも、って話をしたから、皆がっかりさせないよう話を合わせていたのでは……？

そんな己の予想は当たっている気がする。来栖が目を輝かせながら「そう思うでしょ？」と訊いてきたら、漣も「そうですね」と白いものも黒だと言ってしまいそうだ。

――ついさっきまで、央我様の恋の話を聞いてたのに……どうしてこうなるんだろ……。

はあ、と漣は溜息を吐く。しかも、自分は間接的に失恋までしているのに、その相手と恋人同士のふりをするだなんて。

「……でもほっとした。央我は、小さい頃から僕のことばっかりだったから」

来栖の言葉に、今しがた央我の実兄に対する恋心を知ったばかりの漣はぎくりとする。

だがそれは「来栖が弟から向けられる恋愛感情を悟っていた」ということではなく、「病弱でオメガの兄を、弟がいつもとても気にかけてくれた」というだけの意味らしい。

「央我はもてるのに、いつも僕を優先してふられてばかりいたでしょう？」

央我は苦々しげな表情で「違います」と否定する。

「ふられていたわけではないですよ。ただ、こちらからお断りしただけです」

「恋人を優先しなくて怒られたからでしょ！　駄目だよ恋人は大事にしなきゃ」

弟の恋路を心配する兄としては正しい科白なのだが、央我の気持ちを知ってしまった今となっては、はらはらしてしまう。そんな漣の心情を読み取ってか、央我が余計なことは言うなよと視線だけで念押ししてきた。

――余計なことは言いませんけど……なにもそんな、睨まなくても。

泣きたい。でも泣いたら二人に変に思われるし、説明ができないので必死に堪える。

来栖はまったくもうと言いながら、漣のほうを向いてはっと瞠目した。

「あっ、ご、ごめんね。この子の昔の恋人の話なんかして！　不安にさせちゃったよね……？」

漣の様子を誤解しておろおろと慌て始める来栖に、慌てて頭を振った。

「え？　あ、いや、俺は」

「でも安心して。自分の弟のことこんなふうに言うのもなんだけど、今までの子は真剣にお付き合いしてたってわけじゃないみたいだから」

来栖なりに必死なようだが弟を庇いきれていない科白に、苦笑する。

――それは、一番が来栖様だからですよ。

そう言えたら、どんなに楽だろう。

もしかしたら、兄を変に心配させないために適当に恋人を作っていた可能性もある。ちらりと央我を見れば、彼はばつの悪そうな顔をしていた。

無邪気な来栖に、初めて怒りにも似た感情を覚えてしまう。だがそれは漣の身勝手な気持ちだというのも自覚はあって、自己嫌悪に陥った。

――……誰かの代わりなんて、誰もできないと思う。

自分だってそうだ。婚約者が好きだったのは弟の弐湖であり、自分は代わりにさえなれなかった。きっと、央我にとっての来栖の代わりなんて誰もいないのだから、長続きしないのも当然だろう。まして、こんな天真爛漫で可愛らしい来栖の代わりなんて、誰も務《つと》まらない。

「漣」

来栖は、漣の手をそっと握る。使用人らしい漣の荒れた手と違い、絹のように滑《なめ》らかな細い手指に、どきりとしてしまった。

自身もオメガで、恋愛対象として来栖を見ているわけではないのに、こうして対面から見つめられて手を握られるとなんだか胸に甘い気持ちが湧いてくるのだから不思議だ。

「お願い。弟と、仲良くしてあげてね」

まるで幼児相手に言うような言葉を口にする来栖に、漣は思わず苦笑する。

「えっと……、はい」

来栖はにこりと笑って、握っていた手をゆっくりと解いた。

――自分とは、あまりに違う。

来栖は、その美しい容貌も、柔らかな声音も、穏やかな性格も、なにもかもが物語に出てくる天使様のようだ。少しでも嫌な感情を抱いた自分が、汚く思えるほどだった。

嬉しそうに微笑んでいる来栖の肩を、央我は優しげな瞳で見下ろして抱き寄せる。

「兄上、そんなことより薬を飲んだら夕餉《ゆうげ》までゆっくりと休んでください」

そんなこと、という言葉に、胸がずきりと痛んだ。

「ええ？　まだいいじゃない」

「駄目です。今日も朝、少し熱があったのでしょう？　お部屋に戻ってお休みください」

平気だよ、一人で帰れる、と主張する兄の細い肩を、央我は優しい仕種で押した。

促されて廊下に渋々出た来栖は、振り返って小さく「ごめんね」と言う。漣は退室する二人に会釈をした。ぱたんと音を立てて、扉が閉まる。

央我の部屋に一人取り残されて、漣は頭を掻いた。とんでもないことになったと思う一方で、湧いた疑問に首を捻る。

——実の兄弟とはいえ、恋愛として好きなら、恋人がいるなんて誤解をされたら悲しくないのかな。

婚約者はいたものの恋愛経験などない漣には、そのあたりの心の機微《きび》がいまいちよくわからない。自らついた嘘であるとはいえ、それでも好きな人に誤解されたら寂しく思ったりはしないものなのだろうか。

そんな疑問を抱いていると、すぐに部屋に戻ってきた央我が漣を見て「まだいた」と言った。流石にそれにはむかっとくる。

——黙って出ていくほうが無礼にあたると思ったけど、そうでもなかったみたいだ。

別に央我に来栖と同等に優しくされたいなんてだいそれたことを考えたわけではないが、こうあからさまだと面白くない。

——……腹が立って泣きそう。

そんな気持ちが顔に出たのか、央我が「なんだよ」と不機嫌に投げかけてきた。

「……なんでもありません」

「それがなんでもないって顔か。言いたいことがあるなら言えばいい」

少々喧嘩腰になった央我に、漣は「いいんですか」と問う。じっと睨んだら、央我がちょっとたじろいだ。

「……なにがだ」

「俺たち、付き合ってるわけじゃないのに、来栖様に……好きな人に、そんな誤解させても」

「お前には関係ない」

「関係ないことないでしょ」

心中で叫んだつもりが、うっかり声に出てしまっていた。

不敬にもぞんざいな言葉遣いになってしまった漣に、央我が目を丸くしている。慌てて取り繕おうとしたが、それより早く央我がぼそぼそと言い訳をした。

「確かに、そうだな。すまん。……巻き込んでしまったのは、悪いと思ってる」

だが、と呟いたきり、央我の言葉は続かない。ちゃんと言い訳をしてほしいが、それを期待するのは分不相応かもしれない。漣は小さく溜息を吐く。

「……アルファらしいといえばそうですけど、……人に言うことを聞いて欲しいときは言いようってものがあるでしょう」

漣の言葉に、央我はぐっと言葉に詰まった。

――アルファなんだから、「関係ない」じゃなくてちゃんと俺に命令すればいいんですよ。

そうすれば、オメガの自分は逆らいようがないのだ。

黙れ、言うことを聞け、生意気な口を利くな、と言われれば、それに諾々《だくだく》と従うのみである。けれど、央我は漣の予想に反して、軽く頭を下げてきた。

え、と瞠目する。

「頼む。……しばらくの間、話を合わせて兄上には黙っていてくれ」

漣の目線の高さに彼のつむじがあって、しばらく状況が飲み込めなかった。

黙りっぱなしの漣を怪訝に思ったのか、央我が眉根を寄せて顔を上げる。そして、漣の顔を見るなり「なんだその顔は」と言った。

「だって……、まさかアルファのお世継ぎが、俺なんかに頭を下げるなんて思わなくて」

「はあ？」

なんだそれは、と央我は呆れ声を上げた。

「お前が言ったんだろうが。頼み方ってもんがあると」

「そうは言ってないでしょう⁉　言いようがあるって言ったのは、オメガに言うことを聞かせるなら命令しろって意味ですよ！　なに頭下げてるんですか、やめてください！」

本気で焦る漣に、央我が不可解そうに顔を歪め、それから苦笑した。その顔に、恋を自覚したばかりの胸がぎゅっと締め付けられる。

「なんだそれは。お前は俺のことをなんだと思ってるんだ」

アルファ様でしょうが、という反論を飲み込んだ。ここは自分の生まれ育った田舎ではなく、先進的な都会なのだ。

「まったく、いい加減こちらの価値観にも慣れたかと思ったがな」

案の定そんな指摘をされ、おおいに焦る漣に今度は央我が余裕の表情になる。先程と逆転し、返す言葉のない漣の頭を、彼はぽんと優しく叩いた。

「……悪いが少しの間だけ頼む。恋人のふりを、してくれないか」

ひどい。

人の気も知らないで。

そう詰れたらどれだけ楽かわからないが、漣の口から出てきたのは「わかり、ました」というぎこちない承諾だった。

嘘でも、好いた男と一緒にいられるのは嬉しいし、殊勝に頼まれたら嫌とは言えない。

「俺なんかで、恋人の代わりが務まるかは……わかりませんけど」

そんな返答に、央我が微笑む。狡《ずる》い、という言葉を、どうにか嚥下《えんげ》した。

恋人同士である、という嘘を来栖についたあと、央我と漣は一緒にいる時間が格段に増えた。

それもこれも、来栖が嬉しげに屋敷中に「二人、やっぱり付き合ってたよ！」と喧伝したせいにほかならない。それを知ったのは、あの日の夜に寮に戻って同僚たちに「央我様と付き合ってるの？」と訊かれたからだ。

表情が皆やたら険《けわ》しかったので、大事な雇い主の相手がどこの馬の骨ともしれない嫁き遅れのオメガだなんて、到底受け入れがたいので当然だろうと思った。だがそうではなく「なにか嫌な思いしたらすぐ言うんだよ」と、性別に関わらず口々にそう言ってくれたのだ。

来栖だけでなく、屋敷の人たちに予想以上に好意的に受け止められて漣は戸惑っていた。むしろ漣の心配ばかりしてくれる。

今日も仕事もそこそこに、「もう少し二人の時間を持ったほうがいい」と央我の部屋に押し込まれてしまっていた。

「……今日は数学の勉強でもするか」

「……はい」

当然、偽装している二人に恋人同士の語らいなどというものができるはずもなく、無理矢理作られてしまった「二人の時間」は主に漣の「勉強時間」にあてられていた。

――……俺は嬉しいけど。

央我は、跡取りとして、そして今は世界各地を飛び回っている領主の代行として仕事を切り盛りしており、多忙な人だ。同じ跡取りとはいえ、元婚約者とは比べ物にならない。それに加え、結婚祝いを携えてくる来客対応までしているのだ。

だからだろう、央我は勉強の時間になるといつも落ち着かずそわそわしている。

――……それでもお仕事に戻ってくださいって言わない俺も大概狡いよな。

ほんの数時間だけれど、二人きりの時間があるのは僥倖《ぎょうこう》だ。

央我が適当に選んだ本を開く。瞬間、ふんわりといい香りがしたので、漣は本に鼻先を近づけた。

「なにをしているんだ、お前は」

央我が怪訝そうな顔をする。

「いや……なんかいい匂いがするような?」

甘い香りが鼻孔を擽《くすぐ》り、漣はくんくんと鼻を鳴らす。

お菓子とも違う不思議な、けれどとても心惹《こころひ》かれる匂いだ。本から香ったような気がしたが、嗅いでみても羊皮紙と顔料と埃《ほこり》のような匂いがするばかりだった。

気のせいだろうかと首を捻る。けれどやっぱり甘やかな匂いが漂うように残っている気がして、しつこく匂いを探っていたら鼻先をぴしっと指で弾かれた。

「そんなに腹が減っているならあとで水菓子でも持ってこさせるか？」

「いや、別にそういうわけでは……！」

慌てて本から顔を離すと、央我はやれやれと言いながら唇の端を上げる。彼の長い指が頁をめくった。

読み書きや会計は最低限できたので、央我からは主に数学や歴史、一般常識などを教わっている。

それから、見様見真似で覚えた漣の字は癖が強いので、書き方の練習もしていた。

意外にも央我はちゃんとそれらを漣に教えてくれている。

――……辛抱強いお方ではあるよな。

今度ばかりは故郷で働いていた頃のように馬鹿、愚図、と怒られることも覚悟していた。自分が不出来なことは、故郷で色々教わった際に実証済みであったので。

けれど央我が声を荒らげたり漣を罵倒《ばとう》したりすることはない。ただ淡々と教えてくれている。間違えたらここが違うと指摘してくれ、漣が質問をすると丁寧に説明してくれるし、時には一緒に考えてくれることもあった。

――どうせ「ふり」なんだから、本当は真面目にやる必要もないのに。

それはお互い様かもしれないが、不思議な人だなあと近頃とみに思うのだ。

教えられるまま筆を走らせていると、央我の視線が漣の手元に釘付《くぎづ》けになっていることに気づいた。

「計算が違いますか？」

「いや……その筆記具と練習帖は誰からもらったものだ？」

「来栖様から、勉強に使うだろうということで頂きました」

筆記具はいわゆる「おさがり」というやつで、けれど丁寧に使われていたのか充分に綺麗なものだ。軸が樫《かし》でできており、磨かれていて美しい。

そんな立派なものは頂けないと固辞しようとした漣に、「漣も弟同然だから！」と笑顔で渡されては断りきれるものではなかった。

——来栖様は、俺が央我様の番候補だと思って優しくしてくださるんだけど……なんかもう、良心の呵責《かしやく》が……。

そんな漣をよそに央我は筆記具を注視した後、「随分と、兄上は気にかけてくださっているのだな」と呟く。その科白の意図はわからなかったが、はいと漣は頷いた。

「一応『番候補の恋人』ですから。央我様、直近では本当に浮いた噂のひとつもなかったらしいですものね」

「っ……」

ごほ、と央我が噎《む》せる。

恋人同士のふりをさせられてから知ったのだが、央我は跡取りにも関わらず、周囲が心配するほど「番候補」というものがいなかったらしい。

来栖が「大事にしていなかった」と言っていたのは、平たく言えば彼ら彼女らは央我にとって同衾《どうきん》するような遊び相手だったということであり、「恋人」ではなく割り切った関係だったというわけだ。

適齢期になってもその調子なので、来栖や家人たちは皆やきもきしていたらしい。

——なにせ、央我様が俺を連れてきたときに、皆「番候補が来た！」って思ってたらしいんだもんなぁ……。

最近になって聞いた話だが、初日に、やけにじいっと見られるなと感じていた原因は、そこにあったらしい。

——でも、俺だって「遊び相手」かもしれないのに、なんで皆すぐ「番候補」って判断になっちゃったんだろ。……多分、央我様の歴代の「遊び相手」より垢抜《あかぬ》けない感じだろうに。

いかにも田舎者っぽい風情《ふぜい》だから、却って遊び相手に見えなかったのか。それとも来栖が言うように、央我本人が屋敷に連れてきたのが初めてだったからなのか。

なまじお付き合い宣言のようなものをしてしまっているので、今更他の人にそんなことは質せない。

「……仕方がないだろう。俺には、兄上しか目に入らなかったんだから」

ぼそっと呟かれた言葉に、漣は「因果ですね」と頷いた。

「お前はどうなんだ？」

「え？」

「嫁き遅れだなんだと言っていたが、宿場に来るやつらにとっては充分若いだろ」

今では自分がまだ若い部類にあるのだと理解できるようになったが、当時は周囲の評価もあって本当に自分は嫁のもらい手などないくらいの年増だと思っていた。

客の評価がどうだったかなど、まったく気にしていなかったので記憶にない。

「誘われたりは、しなかったのか？　本当に」

そう言われてみて、ううん、と首を傾げる。

「誘われる、というか……無料ならもらってやる、と言われたことならありますよ」

「……は？」

央我は険しい表情で「なんだって？」と訊き返してきた。

「結構ある話なんですよ。田舎だと、オメガの嫁を買う人も多いんです。でも年を食った俺には値が付かないけど、それでよければ買ってやるって」

「待て」

遮られ、「はい？」と首を傾げる。

「言いたいことは山程あるんだが……そもそもその金というのは結納金とは違うのか」

「ゆいのうきん？　さぁ……？　その人は勿論お子さんも既に沢山いるとのことだったんですけど、産ませてやってもいいって」

婚約者に捨てられた、という話をどこからか聞きつけて、帳簿を付けていた漣にそう声をかけた商人がいたのだ。弟たちの結婚式の一ヶ月ほど前だった。普段利用客にはめったに話しかけられることがなかったので戸惑った覚えがある。

おい、と央我は低い声をあげる。

「それは……どういうつもりでお前も話を聞いていたんだ」

「どういうつもりって……親なしの嫁き遅れのオメガなんてこんなものなんだなあと。でも、路頭に迷うよりはいいかなって」

恐らく嫁に行ったところであまりいい扱いは受けないだろうということもわかっていた。

「それでも、衣食住の保証があるなら、この先の保証もない自分にとっては充分な話だとほんの少し思いました」

そんな漣の言に、央我は唖然とした様子でこちらを見る。

「あっ、でも奥様……当時の雇い主が断ってくれましたよ。親がいないけど雇い主の許しが必要だって言ったら『ただじゃないならいらない、若くもないのに』って言われて……断ったというか断られたという感じですね」

「……、お前……それは」

央我は顳顬《こめかみ》に青筋を立て、なにか言葉を飲み込んだ。小さく息を吐き、それから大きく嘆息する。

「央我様？」

数学の本を閉じ、央我はそれを手に書棚のほうへと移動する。別の本を持って戻ってくるなり、それを机上に叩きつけるように置いた。

「……今日は郷土史にする」

「郷土史、ですか」

央我が鼻白《はなじろ》んだ様子で隣に座り、分厚い本を開いた。

郷土史と言いながらも、それはどちらかというと一般常識と第二の性についての話が中心だ。漣はそこで初めて、この国で「オメガを買う」ことが違法だという真実を知った。

「え……っ？　でも、普通にありましたよ。いや、俺みたいに無料でってことは滅多にないですけど」

「……それは恐らく、一応『結納』や『持参金』のような形式を取っているんだろう。単に売り買いをしたらそれは明確に違法だ」

だが、央我が書物をなぞりながら教えてくれた『結納』『持参金』という風習は、漣の知っている「オメガを買う」という行為とは違うことのように思えた。戸惑いながらも、漣は頁をめくる。

この土地では貿易が盛んだったこともあり、他の地域、他国との出入りも多く、人や物の流れが大きかった。

当初は港の近くに大きな売春街があり、外からやってきた沢山のオメガがそこで生活していたのだという。当時のオメガの扱いは、漣の住んでいた町とあまり変わらないか、それより悪いくらいだったように推測された。数百年前の話だ。

「それはこの地域が特別悪いというよりは、時代的にどの地域においても扱いが悪かったということだ。地方はもっと劣悪だったかもしれないし、場所によっては逆にそういう差別が少なかったかもしれない」

だが百数十年前にこの土地を治めていた領主がオメガの地位向上に努《つと》めたため、昨今はオメガに対する差別意識もだいぶ薄れた、ということだ。

そんな講義を受けて、なるほど、自分の故郷とはだいぶ違うものだなと思った。

「この差別意識の改善については、薬の性能の向上も大きな一因となっている」

「へー……」

漣の故郷でも同等の抑制剤が使用されているはずだが、この違いはどうしたことだろうか。やはり上に立つ者が違えばそんなものということなのかもしれない。

「それでも、まだオメガが当主になることはできないんですね？」

漣の質問に、央我は一瞬意外そうな顔をした。それから、苦笑ともつかない微妙な表情になる。

「……まあ、そこは改善の余地があるところでもあるな。頭の出来の問題というよりは、オメガと女性は子を産む機会があるし、体力もアルファやベータよりどうしても劣る。オメガには発情期もあるしな。一家長はともかく、領主や地域の長となるとやはり体力がついていかないという事情もあるのだろう」

「なるほど、そういうものですか」

「無論、本人の努力でどうにかなることでもあるとは思うが……」

央我の説明には、腑に落ちない点がある。漣の地域では、オメガは小間使いとして殆ど働き詰めだ。弟のようにある程度の資産のある家に嫁げば別だが、そうでない場合は死ぬまで働いている。

——ああ、だからうちの地域では平均寿命が短いのかな。

オメガは大概四十歳前後で死ぬ。そう考えると、やはり体力がないというのも頷けた。

央我は文献を読みながら、平均寿命のところは「オメガが若干短い」とさらりと流していたが、それでも漣の故郷よりは断然長いと思われた。実際故郷の郷土史などは存在すら知らなかったが、それでもこの土地のオメガの平均寿命が七十代なのに対し、故郷で七十歳以上のオメガなど見たことがない。

そんな見解を口にしたら、央我が顔を顰めた。

「なんで怒ってるんです？」

疑問を口にすると、央我は「別に怒っているわけじゃない」と不機嫌そうに返した。

「――ただ、痛ましいと思っているだけだ」

彼は、兄を愛しているだけではなく、使用人のオメガにもきちんと心を砕いている。恋人同士だという嘘をつき始めてから、「央我様はお優しいから、よかったね」と幾度となく言われた。

だから会ったこともない、彼らから見ると「不遇のオメガ」に心を痛めているのだろう。

不幸だと思って生きてきたわけではないから、彼の同情心には正直あまりぴんとこないところもある。けれど、自分が違う土地に来たのだということ、そして目の前の男が優しいのだということを実感した。

注視していた漣に、央我は眉を顰める。

「なんだ、じっと見て。気持ち悪い」

「……央我様って、お優しいですけど、次期領主様なのにその言葉遣いはどうなんですか」

相手は目上、という頭はあるが、ついそんな口を利いてしまう。央我はふんと鼻を鳴らして笑った。

「別にいいんだよ。俺はこれで。畏《かしこ》まった席で畏まったことが言えればいいんだ」

「さようでございますか」

澄まして答えたら、央我がくっと喉の奥で笑う。

「お前さ、前のところでは文句のひとつも反論のひとつもせずに全部黙ってたとか言っているが、結構言いたいことをはっきり言うよな」

そう指摘され、はっと口を閉じる。確かに彼の言う通り、以前はなにを言われても言い返さないどころかなんの感情も湧かなかったのに。

大人しい性格ではないけれど、このところの自分はちょっと箍《たが》が外れすぎているのではないだろうか。謝罪の言葉を口にしようとした漣より早く、央我が「違う違う」と手を振る。

「それでいい。肩も凝るし、人間として当たり前のことだ」

素直なほうがいい。そう言って笑った央我に、胸がざわめく。

人の気も知らないで。

気取《けど》られたらいけないので、むっと唇を引き結ぶ。それが不満そうな顔に見えたのか、央我が笑いながら漣の頬をきゅっと引っ張る。

「可愛くない顔だな」

「……どうせ俺は来栖様と違って可愛い顔じゃありませんん」

引っ張られたままそう返せば、央我はどうしてかその顔に困惑を滲ませた。

——来栖様の名前を引き合いに出したのはちょっと意地悪だったかな。

来栖はもはや伝家《でんか》の宝刀《ほうとう》だ。子供の頃からそうだったというが、央我に「来栖様に言いつけますよ」というと、今でも大人しくなるらしい。

頬をつまれたままじっと見返していたら、どこからともなく小さな笑い声が聞こえてきた。二人同時に扉のほうを振り返る。扉から、来栖がひょっこりと顔を出してこちらを見ていた。漣は慌てて立ち上がる。

「いいのいいの、座ってて。楽しくお勉強中だったのに、ごめんね」

ふふ、と来栖が笑った。言外に「いちゃいちゃして楽しそうだね」という意図を含んだ声音に、央我が頭痛を堪えるような仕種をする。

にこにこしながら近づいてきた来栖の手には、彼のものと思われる衣装が抱えられていた。

「漣、よかったらこの服あげるよ。僕のおさがりで悪いんだけど」

「えっ……」

「輿入《こしい》れのときに、自分のものを全部は持っていけないからね。処分するだけになってしまうから、どうせだったら漣に着て欲しいなって思って」

着の身着のままでこの屋敷にやってきた漣は、普段は同僚たちからもらった古着を着用している。それだって今まで漣の身につけていたものよりずっといい仕立てのものだったが、来栖の衣装は更に上等なものばかりだ。

「で、でもこんな高級なもの頂けません……！　それに、頂いても俺にはこんな上等なものを着ていくところが……」

「これは普段着だし、汚してもいいから。ね？　僕らそんなに背格好が変わらないし、似合うと思うんだけど」

「でも」

助けを求めるように央我を見るも、彼は兄のすることに口を挟む気はないようだ。ただ、ほんの少し眉間に皺を寄せている。

やがて焦れたように、来栖は両手いっぱいの衣装を漣に押し付けた。取り落しそうになり、慌てて抱きかかえる。

「渡したよ。——央我」

「はい」

弟を見て、来栖は目を細める。

「勉強もいいけれど、せっかくのお休みなんだから、たまには外に連れ出してあげたら？　今日はいい天気だし。ね？」

「……そうですね」

最愛の兄にそう言われては、央我も断れないのだろう。若干の間が空きつつも頷いた弟に、来栖は満足げだ。言いたいことを言って、足取りも軽く部屋を出ていってしまった。

それよりも、両腕に抱えた沢山の洋服に漣は途方に暮れる。

——どうしよう、こんなに沢山……。

呆然としていると、央我が近づいてきた。

「なんだその顔は。兄上のおさがりが不服か？」

「とんでもない。そういうことでは、なくて」

「ならいいじゃないか。もらっておけばいい」

「……でも」

不服ではなく、分不相応な気がして着られる気がしないのだ。

来栖は「弟の恋人」というだけで漣をやけに構ってくれる。今日のことに限らず、色々贈り物をしてくれるもので、ちくちくと良心が痛んだ。

漣などよりもよっぽど不服そうな顔をした央我が、小さく舌打ちをする。

「……おい」

「はい？」

低音での呼びかけに応えると、央我は一旦口を閉じた。それから、逡巡するように口を開いた。

「おさがりより、新品が欲しいのか？」

「滅相《めっそう》もない！　そんなだいそれたこと思いつきもしてません！　それに、新品の服なんてものがもしあっても、緊張して着られませんよ」

だが慌てて否定した漣に、央我はなにが気に食わないのか、思い切り眉根を寄せる。

「……そういうものか。ならば文句も言わず受け取れ。せっかくだから、着てみたらどうだ」

まるで言質《げんち》を取ったような言葉に、漣がせっかくもらった服を突き返したり箪笥《たんす》の肥《こ》やしにしたりするのを防いだのかな、と察する。

それにしても先程の不服そうな顔は一体、と戸惑う漣をよそに、央我は漣の腕の中にある服をひとつ手に取った。

「これは狩りに行くときによく兄上が着ていたものだな。こういうのなら、お前も気後《きおく》れせずに着られるんじゃないか」

確かに動きやすそうで控えめな意匠のそれならば、まだ違和感なく着られるかもしれない。まだ躊躇している漣の腕の中の衣装とその一着を強引に交換し、央我はほらと漣の背中を押した。

「え、ちょっ……」

「さっさと着替えて出かけるぞ」

——俺の意見聞こうとかないのかな……。

ないんだろうな、と息を吐く。

とにかく、彼の最優先事項は「兄上」なのだ。先程の彼の提案を律儀に聞くつもりらしい。やれやれと思いながらも、使用人のオメガに口答えなどできるはずもなく、漣は素直にさっさと着替えることにした。

——うわ……ここで雇ってもらうようになって、いいものを着られるようになったつもりだったけど……。

袖《そで》を通したおさがりの着心地のよさは、いつもの普段着を上回るものだった。そして、来栖の言う通り、大きさもぴったりだ。

衣服の釦《ぼたん》をきちんと留めて振り返ると、央我が微かに目を瞠る。しげしげと漣の姿を頭からつま先まで眺め、ふむと頷いた。

「顔さえ見なければ、ほぼ兄上だな」

——それは褒めてます?

別に似合っているとかそういう科白を期待していたわけではなかったが、漣自身を素通りした第一声に思わず声を上げそうになる。

無視をされればいい気はしないし、胸の奥が小さく痛んだけれど、そういう彼の性格が不満を通り越してもはやおかしくなってきてしまい、漣は思わず笑ってしまった。

「なんだよ」

「いいえ、別に。それが央我様の最大級の褒め言葉なのかなと……じゃ、どこ行きます?」

「適当に馬で領地を回る。ちょうど、梔子《くちなし》と銭葵《ぜにあおい》が満開の頃合いだ」

それがどんな花なのかはわからないが、一応、ただ適当に時間を潰すだけのつもりではないらしい。

「あ、じゃあ少し待ってて頂けますか? ちょうどお茶の時間なので、俺なにか軽食作ってきます」

「わかった。俺は先に厩にいるから、直接そちらへ来い」

「わかりました。ではまたあとで」

そう言い置いて漣は厨へと向かう。今から央我と出かけるので軽食を作らせて欲しいというと、既に来栖からなにか聞いていたのか、厨房にいた使用人たちはにこにこしながら「張り切って行っといで」と口々に言ってくれた。

休憩していた厨番が、着替えた漣を見て目を細める。

「その服、来栖様のおさがりだろう? やっぱりよく似合うね」

「ありがとうございます」

央我と違ってちゃんと褒めてくれた厨番に、礼を言う。

漣は手早く軽食を作り、二人分の葡萄酒《ぶどう》とともに布の鞄に詰めて厨房の面々に改めて礼を言ってから厩《うまや》へと向かった。

「央我様」

央我は漣を待っている間、愛馬である雪以外の馬の手入れをしていたらしい。芦毛の馬を撫でながら、こちらを振り返って「おう」と応じる。

「すみません、お待たせして」

「いや、それほどじゃない。――じゃあ行くか」

央我の言葉に、端に控えていた初老の厩番が小屋から雪を出す。そして彼もまた、央我と漣を見てにこにこと笑っていた。

「漣。こちらへ来い」

「あ、はいっ」

差し伸べられた手を取ると、央我は軽々と漣を抱き上げて雪の背中に乗せた。

「央我様、どちらへ？」

「……領地を軽く回って、公園へ行こうかと思っている」

そうですかそうですか、と笑って、厩番は頷いた。

央我はなんとも言い難い表情になったあと「行ってくる」と呟き、自らも馬に乗り上がる。

厩を出ると、背後から「ごゆっくり、楽しんでらしてください」という声が飛んできて、漣は振り返ってぺこりと会釈をした。

屋敷の門を越えたところで、二人同時に溜息を吐く。

「……なんというか、皆さんの期待というか、視線が痛くて辛いですね」

思わず呟けば、央我が肯定するように大きく嘆息した。全員の期待という名の圧力が重い。

「……よっぽど心配させてたんですね、央我様」

「知るか」

苦々しげな声音に、小さく笑う。

漣の育った地域よりも結婚適齢期が遅めとはいえ、それでも跡取りに将来を考える恋人の影がないというのはやはり心配の種ではあったのだろう。

女性でもオメガの男性でも構わないが、跡取り問題には繁殖力が高いとされているオメガ性が男女問わず歓迎される傾向にあるのは間違いがない。

――恋人って嘘、いつまでつき続けるんだろう……。

当面はいいけれど、このままどうごまかすつもりなのだろうか。

――そう長い間ごまかせるはずないしな……。俺、このままあのお屋敷で仕事続けられるのかな……。

もし央我に本当に好きな人ができたら、自分はあのお屋敷を辞めるしかないのだろうか。

結婚するからお前は出ていってくれ、と央我からも言われるのだろうか。

不安と失恋で痛む胸に暗澹《あんたん》たる気持ちになっていたら、不意に体勢を崩してしまった。

「――っ」

「おい！」

傾いた体を央我の片腕に支えられ、落馬せずに済んだようだ。漣は咄嗟《とっさ》にその腕にしがみつく。

心臓がばくばくと大きな音を立てていて、怖さのあまり漣は笑ってしまった。央我は小さく舌打ちをして、ぐいっと自分のほうへと漣を抱き寄せる。

「なに笑ってるんだ。椅子に座っているんじゃないんだ、少しは馬に乗っているんだと意識しとけ。落ちたら大怪我するぞ」

「す、すみません……」

申し訳なく思いつつも、漣は央我の広い胸に背中を預けた。

――びっくりした。まだどきどき言ってる……。

心臓の音が、自分でもわかるくらいにうるさい。

けれどその一方で、ぱか、ぱか、という蹄の音と、それに合わせて揺れる心地よさに漣の緊張は次第に解けていった。

雪に乗るのはこれで二度目だし、二度とも落ちそうになったけれど、馬に乗せてもらうこと自体は好きかもしれない。楽しくて、嬉しい気持ちになる。

――胸が躍《おど》る、ってこういうことを言うんだろうな。

雪の柔らかな鬣がさらさらと揺れている。今日は天気もいいから、陽の光に晒されてそれがきらきらと輝いて見えた。白い毛並みが風景と相俟《あいま》って、美しい。

穏やかな気候と、頬を撫でていく心地よい風に思わず息を吐く。ゆっくりと時間が過ぎていくような心地がした。

——いい匂いがする。

鼻孔を擽《くすぐ》る甘やかな匂いに、漣は深く呼吸をした。

沿道を彩る花々の香りだろうか、包まれるだけで幸せな気分になる。

——いい匂い、気持ちいい……。

瞼をゆっくりと閉じ、もう一度息を吸い込む。甘い香りが胸に満ちて、同時に心まで満ち足りたような不思議な感覚だった。

「——着いたぞ」

耳元で囁かれ、漣ははっと背を伸ばす。

いつの間にか港近くにある公園に着いていた。公園といっても規模は広大で、緑地や樹林、湖沼などもあり、屋台なども出ている賑やかな場所だ。

「あれ？　もう着いたんですか？　早くないですか」

「いや、結構時間経ってるぞ。お前、寝てたから」

「えっ、嘘！」

思わず背筋を伸ばすと、動揺する漣がおかしいのか背後で央我が笑う気配がした。

「嘘なものか」

ほら、と地に伸びる影を示されて、漣は目を瞬く。確かに、屋敷を出てから随分と時間が経過しているようだ。

——いつの間に俺、寝てた……？　なんかいい天気で気持ちよかったから……！

雇い主に馬の手綱を握らせて、自分はその胸で能天気に寝こけていたなんて。

「も、申し訳ありません……！」

あまりの恥ずかしさに、顔から火が出そうだ。

「雪も休ませたい。ここらで休憩しよう」

そんな漣の羞恥と動揺を知ってか知らずか、央我がのんびりとそんなことを言う。自分ばかり休んで本当にすみません、と穴を掘ってそこに埋まってしまいたい気分だった。

「ほら、来い」

ひらりと雪から下りた央我が、乗るときと同様に手を貸してくれた。躊躇いつつも手を伸ばし、雪の背中から彼の腕の中に移る。

「あ……っ」

勢いがついてしまった漣を、央我が難なく抱きとめてくれた。央我の首元にしがみつくような格好になり、また心臓が大きく跳ねる。

「度々、申し訳ありません……！」

慌てて距離を取れば、央我は無表情のまま「いや」と短く返した。

——なんか俺、変だな。

屋敷の外に出て興奮しているのだろうか、妙に浮き立っている。

央我は雪の体を撫でて、湖の水を飲むように促していた。長い間歩かせてしまったので、雪は一心不乱に喉を潤している。

それを眺めながら、漣は「さっき」と口を開いた。

「花のいい匂いがしましたね。ここに来るとき」

「花？」

「あれ、なんの匂いだったんでしょう」

央我は黙り込み、じっと漣の顔を見る。なにか言いたげに口を開き、ふいと横を向いた。

「……梔子じゃないか？　確かにずっと甘い匂いがしていたな。お前、寝ていたのに花の香りはわかるのか」

揶揄う央我に、赤面しながら唇を引き結ぶと、央我は笑いながら「あの花だろ」と教えてくれる。彼の指したのは、白い花を咲かせている木だった。

あとで嗅いでみよう、と思いながら、漣は鞄の中にある弁当と葡萄酒を取り出す。

「央我様も喉、渇《かわ》きませんか？　あと軽食も」

「ああ、もらう」

ふ、と小さく笑って、央我が木陰に行こうと促してくれる。芝生の上に二人で並んで座り、漣は包みを央我に渡した。

央我は包みを開けて「うまそうだな」と言うと大きく一口食《は》む。

無意識に、漣は小さく息を吐いた。

「普通」に扱われたり優しくされたりすることに、最近ようやく慣れてきた。多分、自分の育った土地ならば、アルファの横には座れないし、アルファが漣の作った料理を見て「うまそうだ」なんて言わない。

おかしな話なのだが、自分は生まれ故郷で、呼吸すら自由にすることが許されていなかったような、そんな気がする瞬間が時折あった。

綺麗な横顔を眺めていたら、央我がふとこちらに気がついた。

「……美味しいですか？」

こんな質問もどうかと思ったのだが、他に言うことも見つからない。

央我はすぐに「ああ」と頷いた。

「……お口に合って、よかったです」

「お前が作ったのか？　上手だな」

胡桃《くるみ》や木の実を混ぜて焼いた麵包に、乾酪と蜂蜜《はちみつ》を挟んだだけの簡単なものだったが、構えることもなく褒められて嬉しかった。

特に会話はなかったが、芝生に二人並んで陽の光を浴びていると、それだけで穏やかな気持ちになる。無言の空間なのに気まずくないどころか、居心地がいい。

ふと、周囲からはどう見えているのかと思った。

「思うんですけど、別に恋人のふりとかしなくてもよかったんじゃないですかね」

漣の言葉に、央我の視線がこちらへ向く。

「……というと？」

「えっと、だから一夜の過ちとか遊びとか」

相手はオメガなのだし、きっと納得するだろうと思うのだ。だが央我は、お前はなにを言っているんだと言わんばかりに渋面を作った。

「それだと却って兄上に心配をかけるし、なにより怒られる」

「来栖様に？　どうして」

「兄上からだけではない。使用人からもだ」

目上の、それも跡継ぎのアルファが「怒られる」という状況が信じられない。――一瞬そう思ったが、確かに央我の屋敷やこの地域の人たちであればそうなっても不思議ではない。

特に央我は兄の来栖を非常に敬っているというか、弱い。

「……どうして、という質問が出ること自体が、頭が痛いな」

はあ、と央我は大きく嘆息する。

つい先程、彼らの価値観に慣れてきたと思っていたのに、まだ駄目らしい。この価値観では「一夜の過ちや遊びでオメガを手籠めにする」というのは体裁の悪いことなのだ。

「……ごめんなさい」

改めて考えれば、先程の己の発言が央我に対して失礼にあたることであったのだとも思い至る。

漣の謝罪に央我は意外そうにしながらも、察したことを褒めるように目を細めた。

「大体、お前この街に来たとき泣いていただろ」

「え？」

そういえば、そのときに会話の流れで泣いてしまっていた。央我が顔を隠してくれて、手巾まで貸してくれたのだ。

「泣きやむまではと思って、適当に街を闊歩してたからな。俺は即座に街のやつらからも『オメガを泣かした悪い男』、という扱いだったんだ」

「えっ嘘⁉」

今はじめて聞く話に目を剝《む》く。泣いている姿を馬に乗って街中に晒していただなんて、知りたくなかった。しかも、央我が泣かせた、と勘違いまでさせていたなんて。

時間差で羞恥と申し訳なさに身悶《みもだ》える漣の頭を、央我はその大きな掌で撫でる。割とよくそうしてくれる気がするが、央我の癖なのかもしれない。

「それはさておいても、恋人のふりをする意味はあったさ。兄上が安心してくれたのだから、むしろ有意義な嘘だ。……ありがとう」

するりと口にされた謝辞に、思わず背筋を伸ばす。

「とんでもないです、そんな」

央我は、気安い性格ではないようだが優しいと同僚たちからもよく聞いていた。確かにそうなのだろうと思う。

けれどほんの少しだけ、胸の奥になにかが蟠《わだかま》るような心地がするのはどうしてなのだろうか。

「兄上は、自分より俺のほうが先に結婚すべきという頭があるようでな」

「それは……、そうですよね」

「だが、俺には相手もいない。……作る気もなかったんだが」

――それは、来栖様に恋をしているから。

そしていつまでも恋人はいないと独り身でいる弟に躊躇いながらも、来栖は婚約者からの求婚をやっと承諾した。

「とはいえ……兄上には、安心して心置きなく嫁いで欲しかったからな」

その言葉には偽りはないようで、央我が優しく微笑む。

漣には、彼と話していてずっと不思議なことがあった。

兄弟だから結ばれることはないとはいえ、好きな人が別の誰かと恋をするのは辛いのではないのだろうか。だって、自分は今こんなにも辛い。

「――兄上が嫁いだら、恋人のふりはやめていいからな」

え、と声を上げた漣に、央我が片頬で笑う。

「そりゃあそうだろう、今度こそ本当に嫁き遅れるぞ。俺と番契約をすることもないだろうし、大丈夫だろう」

ひどく残酷な、けれど彼にとっては親切心からの言葉に息が止まる。

泣きそうになったけれど、漣の顔は笑っていた。

「はあ……でもそれ、どっちが別れる原因になったことにするんですか？」

央我からふったと言ったら結局「使用人のオメガに手を出して捨てた」と評されて体裁が悪いだろ

うし、漣からふったと言ったら贅沢者《ぜいたくしゃ》だと非難されるだろう。あるいは央我も同時に誹《そし》られる。

そして「領主の恋人だったオメガ」に手を出そうという猛者《もさ》がいるかどうかもわからない。場合によっては、漣は「領主の息子に見限られた曰《いわ》く付きのオメガ」として扱われてしまうのではないだろうか。

漣のそんな指摘で初めてそのことに気がついたようで、央我は珍しく焦った表情になった。

「なんてことだ……そんな……すまん、そこまで考えていなかった……！」

でしょうね、という言葉を飲み込んで、漣は頭を掻く。

「しかも、屋敷中に俺たちの関係が歓迎されてる空気がありますし、もし別れたとなったら多分、仕事を続けるのも難しいと思うんですが……」

それこそまさに考えていなかったことだったのか、央我は顔面蒼白《そうはく》だ。

なんだかそこまで狼狽されると却って面白くて、くすくす笑ってしまう。

「まあ、もともと過ぎた待遇でしたし、俺はまたどこかへ行けばいいだけですから」

「いや、よくない！」

がっと勢いよく肩を摑まれて、漣はびっくりして目を丸くした。

何故か央我自身も驚いた顔をして、それから言葉を探す。

「すまん、その……お前の今後については、俺がちゃんと面倒を見るから。責任を持って、……お前がもし、他の場所で働きたいというのなら、そのときは、きちんとした出自の人間を紹介する……だから、悪いがもう少し付き合ってくれ」

しどろもどろになりながら、あまりに必死な形相《ぎょうそう》でそう説かれ、呆気《あっけ》にとられつつもつい笑ってしまった。

——嘘でも、「じゃあ俺がもらってやる」とは言ってくれないんだ。

彼の言を信じるなら、最後まで面倒をみてくれるつもりがあるのだろう。

いずれ、央我ではない、今は顔も知らないかもしれないベータかアルファに、漣を紹介してくれるのだ。

残酷だな、と思いながらも、彼の親切心からくる優しさは本物で、ならば自分にはできることは、最後のときまで笑っている以外ない。

「期待しないで待ってます」

冗談交じりにそう返せば央我はきゅっと眉を寄せ、それから「……約束する」と言った。

約束なんてしなくていいのに。もう、優しくしてくれなくていいのに。

言えるはずもない気持ちを抱えて、また胸が痛むのを感じた。

「漣、すまない。兄上のところに行く用事ができた。数刻ほどしたら戻るから、悪いがしばらく一人で待っていてくれ」

数日後、恒例の勉強会のために央我の部屋へ赴くと、出し抜けにそんなことを言われた。

結婚準備が進み、殆ど嫁ぎ先に滞在している兄に、央我は何度も会いに出向いている。今日は新郎である頼馬と詰める話があるそうだ。

「あ、はい。わかりました」

「祇流に声をかけていく。もし部屋から出るときは必ず祇流といるように」

筆頭家令はそんなに暇じゃないと思います、という言葉を飲み込む。

黙り込んだ漣に、央我は「いいな？」と念を押した。

漣が「わかりました」と頷いたのを確認して、央我は忙しなく階下へ下りていってしまう。

漣は人知れず、ほっと息を吐いた。

——俺に気なんて遣わなくていいのに。

嫁いでしまう兄との残り少ない逢瀬《おうせ》を楽しみたいだろうに、漣との勉強会は彼の負担になっているに違いない。

——それはさておき……どうしようかな。央我様がいないんなら、俺、仕事をしたいんだけどなぁ……。

この屋敷の使用人は、日が暮れる前に大抵の雑務は終えてあとは待機となる。一日中働いているのは、使用人の中でも上位の人ばかりだ。

漣たちのような下級の使用人たちは、来客や用事が発生した場合を除き、大体お昼のあと数刻も経てば自宅や寮に戻る。

同僚たち曰く、夜は照明の燃料が勿体《もったい》ないので仕事はしないのが普通だそうだ。勉強はいい暇潰しではあるのだが、それでも本を読んでいるだけというのも手持ち無沙汰なものだった。

一応、己の責務を果たしたあとの「勉強会」ではあるのだが、なんだか自分だけが仕事を免除されているような、怠《なま》けているような気がしてしまう。

なにより、家中の人々が「央我の恋人だから」と色々お目溢《めこぼ》しをしてくれているのがわかっていたから。

――……央我様もいないし、ちょっとだけ。

漣は席を立ち、二階の物置部屋から掃除用の道具を持ち出して央我の部屋の掃除を始めた。絨毯を刷子《さっし》で擦って汚れや埃を落とし、家具を片っ端から磨いていく。使用人によって毎日きちんと清掃されてはいるが、行き届きにくい細かいところまできちんと手を入れていった。

これを免罪符にするわけではなかったが、自分の中にあるどうしようもない罪悪感をごまかすように没頭する。

黙々と掃除をしてどれくらい経ったのか、不意に扉の開く音がした。

「央我様？　お早い――」

汗の滲んだ額を擦りながら振り返り、そこに立っていた人物を見て口を閉じた。

「やあ、久し振り」

顔を出したのは、央我の友人である風唔だった。思わず息を呑むと、「その節はごめんね」と手を合わせて頭を下げた。

「いえ、気になさらないでください」

対峙すると少々たじろぐのも本当だったが、風唔がいなければ、央我に対する恋愛感情は自覚できなかったかもしれないと思う。恋をしたことで毎日辛い気持ちにはなるけれど、それでも結果的には感謝していた。

風唔はもう一度「本当にごめんね」と謝る。

「でもほんとひどい話なんだよ。俺殴られた上に、この家、出入り禁止なんだから」

殴った、とは聞いていたが、本当だったらしい。

それにしても、出入り禁止なのに何故央我の部屋にいるのだろう。

そんな疑問を口にするでもなく「そこは蛇《じゃ》の道は蛇《へび》というやつでね」と言って片目を瞑った。風唔はこの屋敷の出入りの商人でもあり、勝手口などが手薄になる時間帯を把握しているらしい。

それはばれたらもっと怒られるのでは、と思ったが、央我の友人である気安さもあるのかもしれない。

漣は慌てて立ち上がり、頭を下げる。

「先日は、失礼致しました。あの……央我様はただいま外出しておりまして」

「うん、知ってる。ていうか、やっぱり君ら付き合ってたんだってね。今日はね、知らなかったとはいえ友達の恋人に手を出したら殴られても文句は言えないので……お詫《わ》びの品を持ってきました」

そのときは付き合ってもいなかったし、今も付き合ってはいないのだが、曖昧に笑ってごまかす。

風唔は机の上にふたつ、なにかを置いた。どうぞどうぞと手で促され、恐る恐るそれを覗き込む。

ひとつは金属でできたオメガ用の首輪、もうひとつは、封のしてある広口の瓶だった。瓶を手に取ると、「それは雑香」と教えてくれる。

「雑香？」

風唔が発した耳慣れない単語に首を傾げる。

雑香とは、乾燥させた花や木の実、香草や香木、果物の皮、香辛料などを混ぜて作った室内香のことだそうだ。蓋《ふた》の外側から嗅いでみると、確かに淡い甘やかな香りがした。

「いい匂いがします」

「それは、央我に言われてこの間のお詫びに用意したんだ。俺が言うことじゃないけど……きっと、漣が安心して眠れるようにってことだと思う。央我の注文通りに、安眠できる配合のものだよ」

「そう……なんですか？」

もう一度嗅いでみる。穏やかで優しい、ほっとする香りだ。時折、央我の傍にいると香るのは、この匂いだったのかもしれない。

――こんなことまで、してくれるんだ。

央我とは本当の恋人同士ではない。いつも彼が漣に対してしてくれることは、あくまで「恋人のふり」をしているその一環でしかない。

けれど、これは央我が漣だけのために贈ってくれたものということだ。そしてそれを風唔に頼む、ということは、央我なりの風唔への「お許し」でもあるのだろう。

安眠できそうな香りを放つ瓶に鼻先を近づけたままでいると、風唔がしたり顔で笑っていた。

「なんか安心した」

揶揄うでもなく彼が口にしたのは予想していなかった感想で、首を傾げる。

風唔は一瞬思案するような仕種を見せた。

「うーんと……漣って、結構田舎というか、だいぶ遅れている……というか、差別的な土地から来てるだろ。ごめんね、こんな言い方して」

立ち寄ったこともあると言っていたし、商人でもある彼は漣の地元の事情をそれなりに詳しく知っているようだ。

漣は首を横に振る。彼が言っていることは間違いではなく、漣の地元は本当に色々な意味で遅れた地域である。

「漣は央我が連れてきたと聞いたけど、もしかしたら意に染まないこともあったのかなあ、とか」

風唔の言葉に驚いて、漣は目を瞬いた。

「そういう方じゃないですよ、央我様は」

「うん、わかってる。無理矢理とは思ってない。でもほら、漣が元いた地域ってさ、アルファが決めたことがなにより優先みたいな感じもあるだろ」

風唔が苦心しながら、嚙み砕いて説明する。

そう言われてみて、納得することはあった。風唔が言う通り、自分の故郷ではオメガの意見が通ることは殆どない。例えば、漣の仕事のこともそうだ。長年働いてきたところを突然解雇されても、逆らおうとか抗《あらが》おうとか、雇用の改善を求めようとか、そういう気持ちにはならないのだ。

首を切られるのは嫌だ、けれど仕方ない。そういう考えに帰結する。

だからアルファに腕を引かれた漣が、流されて恋人という立場になってしまったのではないかと、それを風唔は懸念しているのだ。漣はゆるく頭を振る。

「でも、央我様は強引ってわけでもなかったです。……俺が、ついていきたいって思ったんです」

はっきりと言うと、風唔はそっかと笑った。

「俺はね、博愛主義なの。だから、央我も漣も傷つくの嫌だなあって思ってさ」

「えっと……？」

持って回った言い方をする風唔に、漣は首を捻る。

こちらを若干うかがうような目に、もしかしたら風唔も央我の兄への思いを察するところがあったのかもしれない。

「漣がちゃんと、央我に大事にされてるってわかったし。それに……漣もちゃんと、央我のことが好きなんだなってわかってよかったよ」

「えっ⁉」

思いもよらぬ科白《せりふ》に、漣は央我からもらった室内香を取り落しそうになった。

――なんで⁉　俺、そんなこと言ってないのに！

央我にでさえ知られていない自分の気持ちを言い当てられて、どっと冷や汗をかく。真っ青になって固まった漣に、風唔は笑った。

「央我からの贈り物に幸せそうな、可愛い顔して笑っちゃってるんだから、わかるって」

「い、いえ、俺は」

真っ赤になった漣をよそに、風唔は机の上の首輪を指差す。

「で、そっちは俺からのお詫びの贈り物。金属製だけど軽いよ。革より断然丈夫だし。舶来品《はくらいひん》でね、すっごく繊細《せんさい》な模様が売りの人気の品なんだ。市場に出回ることはまずないし、なかなか手に入らなくってね」

「え、そんな貴重なもの、俺なんかが頂くわけには」

「いやあ、でもそれ、元は央我からの注文だから。注文というか、検討してる感じだったから用意してあげたの。お代はなしでね。だから俺からの贈り物ってこと」

央我からの注文、という言葉に、ああと合点がいく。

「それ、俺のではなくて来栖様への贈り物ではないですか？」

花嫁衣装の首輪は布製か繊細な金属製のものが一般的だ。

だが風唔は頭を振る。

「いや、これは漣ので間違いないよ」

でも、と躊躇していると、風唔が「漣」と呼んだ。

「はい？」

「――央我の恋人って、嘘でしょ？」

不意打ちの質問に、咄嗟に息を呑む。

「どうして、知ってるんですか」

見ればわかることなのか、それとも央我自身が言ったのか。先程まで恋人の体《てい》で会話をしていたのにどうして急に。勘がよさそうな風唔には、今交わした会話の中で見破られてしまったのかもしれない。

黙っていてくれ、といった央我の言葉が蘇って、激しく狼狽する。

風唔はじっと漣の顔を見て、頰を搔いた。

「ええと……ごめん。鎌をかけてみた、んだけど」

「え――」

一瞬頭がついていかず、自分が引っ掛けられて失言をしたという事態を数秒遅れて把握し、慌てて膝をつく。

「え、ちょっとどうしたの」

「お、お願いします……！　内緒にしてください……！」

いてもたってもいられず土下座をすると、風唔のほうが慌てたようだった。ずっと距離をとってくれていた彼は傍に来てしゃがみ込み、漣の肩を摑んで頭を上げさせる。

「待って待って。いや、色々と疑問はあるけどそんなふうに頭を下げなくていいよ。俺のほうこそ、だまし討ちみたいになってごめん」

震えながら、漣は頭を振る。風唔に促され、漣は椅子に腰を下ろした。風唔が対面に座る。

「本当に付き合ってないの？」

こくりと頷けば、風唔は「あいつ、なんでそんな……」と呟く。

「……来栖様が安心して嫁げるように、という意図が」

央我が実兄に片想いをしていて、というくだりは伏せて理由を口にする。

「跡継ぎの自分が独り身だと、来栖様がお嫁に行きづらいんじゃないかという考えをお持ちみたいで、それで俺が」

「いや、それはそうかもしれないけど……」

ええ？　と首を捻り、風唔が怪訝な顔をする。じわりと両目に涙が滲んだ。

「あの、お願いします、誰にも言わないでください。来栖様に余計な心配をおかけしてしまうのは、俺も、心苦しいし」

「……まあ、言わないけどさ」

「そ、それからこのことを俺が言ってしまったって、央我様に言わないでください」

秘密を共有していたはずが、漣の言動で他者に気づかれてしまったと知ったら、央我はきっと呆れるだろう。怒らないかもしれない。けれど、漣に対して失望するに違いない。

想像するだけで、怖くて体が震えた。

「でも、あいつ結構君のこと大事に想ってると思うよ」

「それは、使用人思いの方ですから」

「いや、そういうんじゃなくてさ」

だからそれは演技なのだ。そう説明しようとしたら、胸がずきりと痛んで声が出なかった。唇を嚙み、首を横に振る。何度も何度も、頭を振った。

「お願いします……」

泣きながら深々と頭を下げると、風唔は小さく息を吐いた。

「わかったよ、言わないから。だからそんなに、悲愴《ひそう》な顔しないで」

その言葉にほっと胸を撫で下ろした。安堵したら却って涙が止まらなくなって、対面からよしよしと頭を撫でられる。

不意に、扉が開く音がした。はっと顔を向けると、扉の前に央我が立っている。

「央我、様」

すん、と鼻を啜ると、央我の表情が見る間に険しくなる。大股で二人に歩み寄ると、央我はやにわに風唔の胸ぐらを掴んだ。

状況が掴めない漣を置き去りに、二人が対峙する。

「なんだよ、ただ慰めてやってただけだろ」

風唔は先程の漣のお願いを汲《く》んでくれたのか、言い訳もせずにただ露悪的《ろあくてき》な様子で笑う。

「……貴様、この期《ご》に及んで」

再び拳《こぶし》を握った央我を、漣は慌てて止めた。自分が下手な頼み事をしたせいで、友人関係に罅が入ってしまう。それだけは駄目だ。

「待って！　央我様待ってください！」

「何故庇う！　泣かされてたんだろうが！」

「ちが、違います！　本当に、今回は、違うんです……！」

央我が「なんだって？」と振り返ったのは、風唔を思い切り殴り飛ばした後だった。

次の商談では今月の倍額でよろしくな、そうでなければお前との友情はこれまでだぜ、と笑いながら風唔は去っていった。

泣きながら、「辛いことがあって、悩みを聞いてもらっていただけ」と説明して、やっと央我は納得してくれた。泣きすぎたら止まらなくなってしゃくりあげる漣の肩を抱いて、央我が「おい」と呼びかける。

「大丈夫か」

「すみませ、止まらなく、て……」

自分でももうなにを泣いているのかわからない。ひく、と喉を鳴らして泣く漣に、央我が困っているのが伝わってくる。どうにか嗚咽を飲み込みたいが、あまりうまくいかなかった。

「……悩みって、なんだ？」

ぽつりとそんな問いが落ちてきて、漣は顔を上げる。

「泣くほどの辛いことがあるなら、俺に言えばよかっただろ」

なんで風唔に、と苦々しい声で言われ、つい笑ってしまう。やっと笑った漣に、央我はほっとした様子だった。

——あなたのことなのに、あなたに相談できるわけないじゃないですか。

そんなことも言えず、漣は「そういえば」と話題を逸らした。

「風唔様から、あの、あれらを、頂きました」

しゃくりあげながら机の上を指差す。ああ、と央我は頷き、それから瞠目する。その視線は、雑香ではなく首輪に向いていた。

「おわ、お詫びだそう、です」

「……そうか」

低い声で呟き、央我は風唔の用意した豪奢な首輪を手に取る。

「今使っている首輪も、従業員の誰かからのおさがりだろう？　革も薄くなってきているし、それに、アルファの出入りも増えているから用心のためにと思って。まあ、無理にとは、言わないが」

「分不相応すぎ、かと」

咄嗟の言葉に、央我の表情が曇る。どうにか落ち着いてきた嗚咽を、深呼吸をして抑え込んだ。

「――ですが、本当にもらってよろしいんですか？」

問いかけると、央我はやっと笑みを浮かべた。

「勿論だ。……早速、つけてみるか？」

後ろを向け、と言われ、言われた通り央我に背を向ける。首に、ひやりと金属のあたる触感がした。かちり、と嵌められる音がする。

金属製だが、思ったよりも軽い。けれど革製よりも強固な守りのせいか、オメガの本能で安堵感が得られた。

「鍵は、ひとつは自分で持っていろ。合鍵は、なくさないように俺が管理しておいてやるから」

こくりと頷く。鏡がないので似合っているかどうかはわからないが、寸法もぴったりだし、なにより嵌めたときの安心感が布や革製のものとは比べものにならない。

漣は笑って、後ろを振り返った。

「ありがとうございます。こんな立派なものを頂いて」

「いや」

「すごく、守られてる感じがして……嬉しいです」

以前のところでは、一番安価なものを与えられていた。そういうものだと思っていたが、無意識に不安を覚えていたのが今はわかる。

「大切にします、ずっと」

金属の首輪は、布や革と違って朽ちることはない。もし、漣がお役御免になってこの屋敷から出ていって、いつか孤独に死ぬことがあっても、きっと、ずっと央我への思い出とともにあれる。

「本当にありが――」

感謝の言葉を言おうとしたら、両頬を央我の手で包まれた。

――え。

上向かされた瞬間、央我の唇が重なる。

小さく息を呑み、漣は硬直した。唇を舐《な》められ、びくっと体が強張る。その瞬間、はっとしたように央我が身を離した。

「漣――」

何事か言おうとした彼の頬めがけて平手を打ってしまった理由は、自分でもよくわからない。ただ、とにかく混乱して、まだお礼も言い切ってなかったのになんでこんなことするの、と思ったような気もする。漣は再び子供が泣くように号泣《ごうきゅう》してしまい、央我はすまん、悪かった、と大声で謝り続けた。

そんな中、騒ぎを聞きつけて祇流や数名の使用人、そして帰宅していた来栖がやってきた。来栖は「二人だけにして」と言って央我を追い出し、扉を締める。

「どうしたの、弟になにか嫌なことをされた？　言ってごらん、ね？」

母親のような優しい声で問いかけられ、頭を振る。

口付けられて、驚いた。

漣は初めてだったし、不意打ちでされて本当に驚いてしまって、涙が止まらなくなった。それは多分、央我が漣と同じ気持ちで口付けをしてくれたわけではない、というのがわかったからかもしれない。なにせ央我はまだ来栖のことが好きで、漣を手放す算段までとうにつけている。

でもそれでも自分は嬉しくて、嬉しいと思うのがまた情けなくて、でも央我のことが好きだと改めて思い知ってしまって。

「嫌じゃ、ないんです。でも、……口付け、びっくりして……」

泣きながらどうにか理由を説明し、口にしたら馬鹿馬鹿しい気がして顔を上げる。

呆れられているかと思ったが、来栖は頬を染め、笑うのを我慢しているように口元を震わせていた。きょとんとする漣を抱きしめ「ああ、もう、可愛いなあ僕の弟！」と言う。

あなたの弟は央我では、と戸惑ったが、央我とは違う優しいあたたかな腕にほっとして、漣は縋《すが》るように抱き返してしまった。


「漣、早く！　こっちこっち！」

「来栖様、お待ちください……っ」

はしゃいだ様子で街なかを走る来栖を、漣は必死で追いかける。その後ろを央我と、来栖の婚約者の頼馬がついてきていた。

央我も頼馬も、来栖が興奮した様子なので、はらはらしているようだ。

ふと央我と目が合い、反射的に逸らしてしまう。

——あー……俺、感じ悪い……。

もはや今更なのだが、不意打ちで口付けられた日から秋が過ぎて冬になってしまったというのに、央我との仲は未だぎくしゃくしている。目が合わせられず、会話もままならず、勉強会も避けてしまっていた。あまりにぎこちないので、同僚も揶揄うことをしないでくれているほどだ。

その代わりに、来栖のほうがとても漣を気にかけてくれて、あれ以来一緒にいる時間が増えている。

——多分、来栖様はそれを見かねてお出かけを提案してくださったんだろうな……。

我儘を言うふりをして、弟とその偽の恋人の仲を気遣ってくれている。

ちらりと来栖を見ると、彼は花が綻ぶような笑顔を浮かべ、漣の隣に並んだ。密着するようにくっついて、手を繋いでくる。相変わらず、年上とは思えない無邪気さと可愛らしさで、オメガ同士だというのにいつもどぎまぎしてしまう。

「嬉しいなあ、漣と行きたいところが沢山あるんだ。やっと叶った」

もう冬になっちゃったよ、と不満げだが嬉しそうに言う来栖に、漣は曖昧に笑った。来栖は結婚式を挙げる前に弟の恋人とお出かけがしたい、と言ってくれていたのだが、結婚式の準備や本人の体調不良なども重なり、ずっと機会を逸していたのだ。

「過保護なんだもの、皆」

そう言って、過保護の二大筆頭である弟と婚約者を来栖は振り返る。

「皆様方、来栖様が大切でいらっしゃるんですよ」

「それはありがたいけどね」

今日は来栖の要望で、四人で街へ遊びに来ている。本当は来栖は漣と二人で来たかったらしいのだが、央我と頼馬の二人に「絶対に駄目」だと言われてしまった。

治安が悪いわけではないが、オメガ二人では万が一ということもある。だからついていく、と彼らは主張したのだ。別に家人でも用心棒でもいいのに、と来栖は文句を言ったが、二人は聞き入れなかった。

その代わりに、屋敷から程近いこともあり、馬車を使うと喚《わめ》いた二人を黙らせて徒歩でのお出かけとなった。今日は天気も良くてあたたかいので、央我たちは心配そうにしていたが、来栖が絶対と押し切ったのだ。

手を繋いだまま、来栖はそっと漣に耳打ちしてくる。

「あの二人、撒《ま》けると思う？」

問われて、ちらりと後ろを振り返る。漣と来栖がこちらを振り返ったことに気づき、二人がにっこりと笑った。

「……無理じゃないでしょうか。お二人ともアルファですし、周囲より頭ひとつ出ているので逃げてもすぐに見つかりそうかと、思います」

「だよね」

はあ、と来栖が大きく溜息を吐く。

それに、来栖には言っていないが、漣は出かける前に二人からそれぞれ「あまり走らせないように。具合が悪くなりそうだったら即休ませるように」などと厳命されていた。第一、走って逃げたところで、すぐに捕まってしまうだろう。

「でもまあ、しょうがないよね。四人になっちゃったのは想定外だったけど、楽しもう？」

「はい」

来栖がはしゃいでいるのは、街に出るのが久し振りだという事情もある。

観光をしたり、軽食をとったり、買い物をしたりと、存分に楽しんでいる様子だった。ただ、後ろにいる二人ははらはらしどおしのようだが。

来栖は央我や頼馬ほど市井《しせい》に顔を覚えられているわけではないようで、漣と二人で話しかけたときには気さくだった店主が、背後から央我たちが現れて畏まってしまうという場面が幾度かあった。「二人ともあっちに行ってて！」と愛する来栖に言われ、しょげ返っている彼らは少しおかしかった。

「――来栖様、少し休憩されませんか？」

「えー、まだ平気だよ！」

唇を尖らせる来栖の頬は、桃色に染まっている。いつもより血色がいいが、よすぎるのが少々心配だった。

「あの、実はもう、俺が結構くたびれてて……」

そんな口実を使って誘導すると、来栖は「えっ」と焦る。

「そうなの⁉　じゃあちょっと休もう！」

公園に設置された腰掛けに、来栖と並んで座る。一緒に並ぶなんてと固辞したが、「疲れたんでしょ！　漣が座らないなら僕も座らない」と言われてしまったので、非常に恐縮しながら傍らに腰を下ろさせてもらった。

そんな遣り取りをしていたら、背後にいたはずの央我たちの姿が見当たらないことに気がつく。きょろきょろと周囲を見渡せば、公園内の露天でなにか遣り取りをしている央我と頼馬の背中が見えた。どうやら果実水を買っているらしい。

二人が戻ってくるので腰掛けから立ち上がったが、双方から座れと手で制された。

――貴族様を立たせて、使用人でオメガの俺が座るってどういう状況……？

これは流石にこの地域でも特異な気がする。いたたまれない漣をよそに、頼馬が革袋でできた水筒を来栖に手渡した。

「来栖、ほら。水分とって」

「ありがとう」

来栖は少量ずつだが、普段屋敷にいるときよりも多めに水分を摂取している。やはり本人が自覚のないまま、喉が渇いていたのだろう。休ませることに成功して、胸を撫で下ろす。

それと同時に、後頭部に柔らかいものがぶつかってきた。

「ほら、お前も」

そう言って、央我が革袋をこちらに寄越した。頭にいましがたぶつけられたのは、この水筒のようだ。思わず央我と水筒を見比べていると「早く飲め」と促される。

「いえ、俺は」

「いいからさっさと飲め」

少々苛立ったように言われて、慌てて「頂きます」と頭を下げる。袋の中の果実水はひんやりとしていて、ほのかに甘い。すうっと喉を通り過ぎる心地よさに、自然と吐息を漏らしていた。

革の水筒の中身は、常温よりも少し冷たい気がする。気のせいかもしれませんけど、とそんな話を振ったら「革の水筒ってのはそういうもんだ」と言い、央我は漣の手から袋を取って、同様に口をつけた。

「あっ」

反射的に声を上げてしまうと、央我が怪訝な顔をする。

「なんだよ。俺が飲んでもいいだろう」

「あ、いえ、そういう意味では……」

もごもごと尻すぼみになりながら言い訳をしたが、央我はもう聞いていなかった。

目上の人物との物の共有ということにも戸惑うし、共有するのに先に使ってしまったことにも焦る。

けれど、それよりも同じ水筒に口をつけられたことで、先日の口付けを思い出してしまった。

自分も来栖と同様に少し逆上《のぼ》せてしまったのか、頬が熱い。

「――ね、漣」

「は、はいっ？」

来栖に顔を覗き込まれ、漣は慌てて背筋を伸ばす。

「なにか、お揃いのもの買わない？」

「お揃いの、ですか」

使用人として辞退の言葉が出るのを察してか、来栖は漣が口を開くより先に「お願い」と迫ってくる。助けを求めるように央我と頼馬を見たら、二人とも肩を竦めた。

「来栖は言い出したら聞かないから」

「兄上がこう仰《おつしや》ってるのだから、お前は遠慮をする必要はない」

味方のいない状態で、しかも目上の人にそう命じられては下手に断ることも難しい。

ね、と更に迫られて、漣は「はい」と頷くよりほかなかった。

当初は仕立て屋で服を、と来栖が言ったのを、とんでもないと首を振った。仕立てるのにも時間がかかるし、オメガの使用人が仕立服をだなんて流石にこの街でさえ聞いたことがない。

古物屋の服で充分ですと言ったら、これは央我と頼馬に「来栖に古物屋の服を着せるつもりか」と却下された。意外な「お揃い」の罠《わな》に、戦いてしまう。

その折衷案として、「仕立て屋で帽子を買う」ということに落ち着いた。帽子であれば服ほど高価というわけでもないし、一見似た形でも見習いの作ったものなら安価で手に入るからだ。それでも、漣にとってはとても高価なものだったが。

央我や頼馬が贔屓にしているという店に向かう道中、来栖が楽しげに耳打ちしてくる。

「実はね、僕もお店で買い物するの、初めてなんだ」

「そうなんですか？」

うん、と来栖が頷く。彼はあまり外に出ることもなく、仕立て屋も直接屋敷に出入りすることが多いため、馴染みがないらしい。だから余計に嬉しいのかもしれない。

「俺も、仕立て屋さんは初めてなんです。いつも別の者が行くので」

「そうなんだ」

高級店に行くのは主に別の使用人、特にベータであることが多い。差別的な意味合いではなく、アルファの客が殆どの室内で万が一なにか起こったら大変だ、という理由だ。

高級な場所にまったく馴染みがないので緊張してしまう。

けれど同じ「初めての場所」に来栖は心強く思ってくれたらしい。楽しそうなのでほっとした。

大通りを少し行った先にある仕立て屋に入ると、店主と思しき人物が「ようこそおいでくださいました」と笑顔で腰を折る。

帽子が欲しい、と央我が告げると、店の奥から沢山出してきてくれた。央我が手招きで漣を呼ぶ。

「二人で吟味して選ぶといい。俺たちは少し席を外すが、なにかあったらすぐに呼べ」

本当は二人とも傍に控えているつもりだったらしいのだが、「いい生地がありまして」と営業されてしまい、付き合い上話を聞かないわけにはいかなくなったようだ。

わかりましたと頷き、来栖のもとへ戻る。彼は笑顔で振り返り、「早く」と漣を急かした。

「漣はどれがいい？」

並べられた帽子は、形がどれもよく似ている。それぞれ生地に違いがあり、平織りや綾織《あやお》りの添毛《てんもう》織《お》りのもの、羊毛などを使った毛織物の品などがあった。よく見ると宝石の付いたものや、小さな鍔のついたものもある。

——来栖様は金色の髪をされていらっしゃるから……青とか、黒とか濃鼠《こいねず》が映えるかな……。

うーむ、と悩みながら手に取る。あまり派手な色よりは、可愛らしく落ち着いた色がいい。かといってあまり奇抜な色では服と合わせにくそうだ。

「これとか、いかがですか？」

紺色の、滑らかな平織りの生地でできた帽子を提示してみる。

けれどあまりぴんとこなかったのか、来栖は目を瞬いた。

「これ？」

「あ、ええと、黒などもお似合いになるかと思うのですが、暗すぎる色よりは少し明るめのほうが来栖様の雰囲気に合っていいそうだと思って……」

それに、みっしりと織り込まれた生地は冬はあたたかく、夏は日差しをきちんと遮ってくれそうだった。よく見ると表面にうっすらと模様が浮かんで美しいし、髪だけではなく来栖の透き通った肌の色とも相性がよさそうに思えた。

けれど自分の美的感覚がずれているかもしれないと内心冷や汗をかく。引っ込めようとしたら、来栖が小さく笑った。

「じゃあ、僕も漣のを選ぶね！」

「えっ、いや、俺のは」

一番安いやつで、と訴えたが笑顔で却下される。

楽しげに来栖が選んだのは、そっくりな形の、羊毛で織られた臙脂色《えんじいろ》のものだった。それを来栖は漣の頭の上にかぶせる。

「うん、これかなぁ。可愛い、似合ってる」

「そう、ですか……？」

色違いとはいえ、恐縮してしまう。来栖は似合うけれど、自分には分不相応でやっぱり似合っているとは思えなかった。けれど、来栖に選んでもらえたのは素直に嬉しいと感じる。

「今日、一緒に来てくれてありがとう」

唐突に礼を言われ、目を瞬く。

「本当はさ、漣と二人でお買い物がしたかったんだけど……結婚したら、もうこんなふうに自由にはできないだろうし。その前に、未来の弟になるかもしれない子とお出かけしたかったんだ」

ずきりと胸が痛むのは、嘘をついているから。

けれどそれだけではなく、来栖が言う未来が訪れることがないのを知っているからだ。

「なにかお揃いのものが欲しくて。ごめんね、連れ回して」

浮かない顔をしたら怪しまれるのはわかっているので、ぎこちなく笑みを作る。

「……勿体ないお言葉です」

「——どれかお気に召したものはございましたか?」

二人でそんな話をしていたら、そう声をかけられる。店主とは別の従業員の男性が、にこやかにこちらへ寄ってきた。

「僕はこれで、漣はこれにしようかと」

「ああ、とてもよくお似合いです」

愛想よくそんなことを言って、彼はじっと来栖と漣を見比べる。

比較されるのかなあと思っていたら、意外なことを言った。

「お揃いの色でもお似合いかもしれませんね。——ご兄弟でいらっしゃいますか?」

え、と二人同時に声を上げてしまう。

いくら同じオメガ性だからといって、兄弟かというのは少々短絡的ではないのだろうかと、失礼な文言が脳裏を掠《かす》めた。来栖も首を傾げる。

「えっと……もしかしたらこの子は僕の弟と結婚するかもしれないので、まあ弟といえば弟……?」

「——いえ！　違います！　俺はただの使用人で！」

慌てて否定をすると、従業員が青褪め、来栖に向かって頭を下げた。

今日は街へ出かけるというので、来栖のおさがりを着用していたのも仇《あだ》となったかもしれない。安物ではない服を着ているので、一見間違ってもしょうがないとは思うが、彼の心情を考えると少々同情してしまう。

「た、大変失礼致しました」

「いや、いいよ。僕ら二人ともオメガだし、そう見えるかもしれないね」

幸いにも来栖は気を害したふうではないが、従業員は冷や汗を流しなら、「ああ、いえ、その」としどろもどろになる。

「大変申し訳ございません、その、お二人ともお顔や雰囲気が似ていらしたので」

「そう？　嬉しいな」

無邪気に喜んでくれる来栖の横で、漣は蒼白になる。

確かに体型は似ているかもしれないが、容姿はまったく似ていないだろう。髪や目の色だって違う。

来栖は美しい金髪に透き通るような白い肌、空色の瞳を持っているが、漣は濃褐色の髪に淡褐色の虹彩《こうさい》だ。肌は焼けてもいないが白くもない。貴族として大切に育てられてきた来栖と、閉鎖的な土地で最下層として扱われてきた自分とでは、雰囲気や立ち居振る舞いだって大きく違うはずだ。

「――どうした？」

そんな遣り取りをしていたら、店の奥から店主とともに央我と頼馬がやってくる。来栖は婚約者の姿を認め、花が綻ぶように笑った。

「どう、似合うかな。漣が選んでくれたんだ。僕も漣のを選んだんだよ」

「ああ、よく似合ってる」

相好《そうごう》を崩し、頼馬は来栖の髪を撫でた。

央我はそんな二人をじっと見つめ、それから漣に視線をやった。特に漣についての感想はないようで、「それで」と口を開く。

「先程なにか言い合っていたようだったが、なにか揉め事か？」

怒っているわけではないがひやりとした声音に従業員が息を呑む。その剣呑《けんのん》な空気に気づいているのかいないのか、来栖がのんびりと笑った。

「彼がね、僕と漣が似てるって。兄弟かと思ったんだって」

無邪気なその言葉に、従業員だけでなく漣も身の竦むような思いだった。お前なんぞのどこが兄上に、と怒られるのを覚悟する。

だが、いつまで経っても反応がない。央我は無表情で立っているし、頼馬は何故か困ったような顔をしていた。二人の様子に、来栖が「あれ？」と首を傾げる。

「……もしかして、僕らって本当に似てる？」

「とんでもない。そんなことはないですよね、という意味を込めて央我と頼馬、仕立て屋たちを見る。けれど彼らはすぐには答えなかった。

「……髪と瞳のお色が違うので、見間違うことはないかと存じますよ」

先にそう答えたのは店主だ。だが、その言いようでは髪や目の色が似ていたら見間違う可能性がある、というふうに聞こえる。

すうっと、胸の奥が冷たくなるような心地がした。それは、先程までの「恐れ多い」というのとは違う。なんだか一寸先に奈落《ならく》があるような妙に怖い気持ちになって、助けを求めるように央我を見た。

央我はなにも答えない。来栖がふうん、と言う。

「そう言われてみれば、似てるのかな」

「――いえ！　そんな恐れ多い！　似ていないと思います。俺なんかと来栖様のお顔は、似ても似つかないですよ！」

ね、と助けを求めるように央我と頼馬に尋ねる。

けれど、頼馬は曖昧に笑っていた。「兄上とお前なんかが似ているわけがないだろう」と笑い飛ばすなり怒るなりしそうな央我が、ただ黙りこくっている。

それは、彼もまた、漣が来栖と似ていると認識しているのだということを漣に思い知らせた。すうっと頭から血の気が引き、指先が冷える。

ひどく嫌な想像をしてしまった。一寸先の奈落に落っこちた気分だ。厄介なことに、それは想像ではなく恐らく事実である気もしていて、息を呑む。

――なんで俺なんか拾ってくれたんだろうって、思ってた。

優しいのは、溺愛《できあい》する兄がオメガであることが要因だ。

央我は、きっと漣でなくても露頭に迷ったオメガがいたら放っておくはずはない。きっとそうだ。

強面《こわもて》だけれど意外と面倒見がよく、兄に弱く、使用人にも優しい央我を自分は知っている。

――それなのに。

自分が来栖に似ていることと、央我が自分を拾ってくれたこととは無関係だ。

そう思いたい。だけど、息が苦しい。胸が苦しい。

「漣――」

来栖に声をかけられて、漣は顔を上げた。

先程まで血色のよかった来栖の顔が、今は青白い。いつもよりももっと悪い顔色に、漣ははっとする。

「――来栖様!」

反射的に名前を呼んだのとほぼ同時に、来栖の体が傾ぐ。咄嗟に来栖に抱きつき、漣は自分が下敷きになる格好で床に転がった。

「――来栖!」

「兄上!」

幸い、来栖を床に接触させずには済んだ。ほっとしたが、来栖は青い顔のまま目を瞑っている。意識がないわけではないようで、消え入るような小さな声で「平気」と言った。

「店主、医者を！　来栖、しっかりしろ」

従業員が外に向かって走っていく。央我と頼馬は二人がかりで来栖を抱き起こした。央我は頼馬よりも動揺していて、兄上、と必死に呼びかけている。

「俺、馬車を呼んできます」

頼む、と声をあげたのは央我だ。頼馬が「急いでくれ」と一声くれる。

はい、と返事をして立ち上がったら、来栖を抱きとめたときにぶつけたらしく、体のあちこちが痛んだ。

少々足を引きずりながら、漣は急いで馬車を呼びに向かった。


「……ご懐妊？」

慌てて屋敷へ戻り、下った医師の診断は「妊娠の初期症状による貧血」ということだった。

体調不良か病気かと心配していた央我と頼馬、漣をはじめとする使用人たちは、寝耳に水の診断にほっとするやらなにやらで、唖然としてしまった。

病気でなかったという安心と、妊娠という朗報に、屋敷中が困惑と喜びに包まれる。今はまだ安静にしていなければならないが、快復次第祝いの席をもうけるとのことだった。

使用人でさえ浮き足立っているなか、央我は一人、呆然としていた。

来栖と喋っているときでさえ、笑顔ではあるもののどこかぼんやりとしている。

──……それは、当然だよね。

兄は自分のものにならないとわかっていても、やはり恋した相手の妊娠というのは衝撃だろう。肉親の妊娠が喜ばしいことも確かで、けれどももしかしたら、二度失恋したような気分を味わっているかもしれない。

漣も、来栖の妊娠はおめでたいと思っているし、心からのお祝いの気持ちだって持っている。けれど切ないような悲しいような気分になっていた。

夜になり、屋敷が静かになった頃に漣は央我の部屋の扉を叩いた。開けっ放しの扉の向こうでは、央我が窓辺に佇んでいる。

「……央我様」

央我は振り返り、漣の姿を認めて目を瞠った。どこか焦った様子で、こちらに歩み寄ってくる。

「どうした、こんな時間に」

いつもよりも覇気《はき》のない声は、彼が悲しんでいるように思えてならなかった。

そっとしておいてあげるのがいいかとも考えたのだが、同僚たちに文字通り背中を押されてのこのこと来てしまった。

でも、どうにかほんの少しでも彼を慰めることができたら、と思ったのも本当で、全ての仕事を済ませてあとは寝るばかりとなってから、こっそりと出向いたのだ。

「あの、お茶をお持ちしました」

庭で摘まれた薬草や香草は、お茶好きの使用人が配合したもので、安眠や鎮静の効果が得られるものだという。柔らかく爽やかな香りのお茶で、ほんの少しでも、央我の心が和らげばいいと願った。

央我はまじまじと漣を見下ろし、それから小さく息を吐いて苦笑した。

「なんだ、ずっと避けていたくせに」

恐らく漣を困らせようとしているのだろう。揶揄う声音で意地の悪いことを言った央我に、漣はきゅっと拳を握る。

「……仲直りに、来ました」

だから漣も、そんな子供っぽい言い方をした。央我は目を丸くし、嘆息交じりに笑う。

「そうか」

「あの」

落ち込まないでください、と自分が言うことでもない気がして、言葉をかけあぐねた。

「……お茶、用意しますね」

「いい、茶はそこへ置け」

「あ……、はい」

早く出ていけという意味なのだろう。唇を嚙み、ぺこりと頭を下げる。すぐに部屋を辞そうとしたが、腕を引いて呼び止められた。

「おい、漣」

「はい」

背筋を伸ばし、振り返る。

「どうした」

「え……」

「何故泣く」

指摘されて、初めて自分が泣いていることに気がついた。拭っても、あとからあとから溢れて止まらない。

央我は少々戸惑った様子で、漣のもとへと歩み寄ってくる。

「まったく、よく泣くやつだな」

そう笑って、央我は漣の目元を袖でごしごしと拭いた。

「だって」

央我の想いは叶わなかった。そのことがとても切なくてやるせなくて、涙が出る。

けれどこれはただの同情心だけではない。きっと、同病相憐れむ気持ちもあるのだ。叶わない恋をしているのは、自分も一緒だから。央我の来栖に対する想いを目の当たりにして、勝手に失恋した気分を味わっているのかもしれない。

自分ではない他の誰かのことを好きな人に恋する気持ちは、漣にもわかる。

けれど、好きな人と結ばれて、好きな人の子供が産める来栖が羨ましいという気持ちよりも、どうして央我の想いを叶えてもらえないのだろう、という気持ちが今日は大きかった。

うく、としゃくりあげたら、何故か対面の央我に笑われた。

「だから、なんでお前が泣くんだよ」

「……だって、央我様……」

指摘されたらますます止まらなくなって、ぼろぼろと涙が出てくる。

「……来栖様のご懐妊はとてもおめでたいこと、ですけど……でも、だって」

自分の中で考えがまとまらず、ぐずぐずととりとめのないことを口走ってしまう。漣がなにを言ったところで彼の慰めにはならないことだってわかっているのだ。

けれど、言わずにはおれない。

弟の弐湖が妊娠したと報告してきたとき、あの当時は自分でもよくわかっていなかったけれど、今ならやっぱり傷ついたのだということがわかる。恋愛として相手を好きだったかはやはり自信がない。ただ、婚約までした幼馴染みと実の弟がなにも言ってくれなかったこと、自分ばかりがなにも知らなかったことに、傷ついた。

――央我様は、きっともっと。

ごしごしと乱暴に目元を擦る。小さな溜息と舌打ちが落ちてきた。

「まったく、お前は」

「――――!」

後頭部に触れられたかと思ったら、ぐいと抱き寄せられた。

――……えっ。

その動作の乱暴さとは裏腹に、ほんの少し、掠める程度に唇が触れる。その瞬間、体中が甘い匂いに包まれた。

いつも、央我から香る匂いだ。

一瞬意識が飛びそうになり、縋るようにぎゅっと央我の服を摑んだ。

「……央我、さま？」

思わず名前を呼んだ漣に、央我は目を眇めて笑う。

「今日は、泣かないのか？」

それから再び、漣の唇を塞いだ。

――あ……。

深く濃い、甘いあの香りがする。そのとき初めて、それと央我がくれた雑香とは違う匂いであることに気がついた。

噎せ返るほど強い匂いに包まれ、全身の力が抜ける。漣を抱きしめる央我の腕の力が、強くなった。

「……んっ……」

角度を変えながら唇をこじ開けられて、漣は背を震わせる。口の中に、熱い舌が入り込んできた。

縮こまっていた舌を搦《から》め捕《と》られ、吸われ、甘噛みされる。その度に、鼻から「ん」という声が漏れる。

「漣」

名前を呼ばれ、いつの間にか閉じていた目を開いた。

見下ろす央我の背後に天井が見え、自分が寝台の上に押し倒されていることに気がつく。

「あ……、んっ」

再び、今度は少し乱暴に唇を口付けで塞がれた。左手で漣の頭を押さえながら、央我は漣の下穿《したば》きを剝ぎ取る。不意に、腰のあたりを撫でていた手に誰にも触れられたことのない場所に触られ、びくっと体が竦んだ。

驚いたのも勿論だが、央我の指が触れたそこは、既に濡れていたのだ。

今まで自分の体がそんなふうになった経験はなくて、けれど予備知識だけはあったのでそれがどういうことなのかだけはわかる。

アルファを受け入れようと濡れる淫《みだ》らな体を見られ、あまりの羞恥に目眩《めまい》がした。

「あ、の……、――あっ」

央我の指が、中に入れられる。ほんの少し、濡れた音がした。

指を入れられただけなのに、全身が甘く震える。浅い部分を擦られ、掻き回すように指を入れられて、見知らぬ感覚に漣は泣きながら小さく喘《あえ》ぐほかない。

「っ……や、ぅ……」

無意識にぐいぐいと央我の服を引っ張り続けたからか、彼は一旦漣の手を解き、煩わしそうに服を脱ぎ捨てた。

初めて見た央我の裸は、自分と比べ物にならないほどたくましく、見惚《みほ》れるほど美しい。厚みのあるその胸にそっと触れると、それだけで指先が痺れた。

――あ、またあの匂い……。

その瞬間、彼の腕の中で充満する蕩《とろ》けるような甘い匂いに、また体の力が抜ける。口付けられて、今度は自分からも舌を絡めた。

服を脱いだら薄くなると思っていたあの香りは更に濃くなり、漣から思考を奪っていく。口の中も、触れられた場所も全て気持ちよくて、溶けてしまいそうだった。

体が熱く、腰のあたりが甘く疼いて、どうされたいのか自分でもわからない。どうにかしてほしいというもどかしさに襲われて、央我の体に縋った。

「あ……」

太腿《ふともも》まで濡らした脚を勢いよく開かされ、あられもない姿を央我の眼前に晒す格好になる。けれどもうそれを恥ずかしいと思う頭は漣にはなく、ただじっと、自分を見つめる央我を見返した。

「漣」

名前を呼ばれた。そのことに数秒遅れで気づき、「はい」と返す。その声は、熱っぽく、不安定に揺れる。

「……抵抗しなくていいのか」

「てぃ、……?」

なにを訊かれているのか、頭に入ってこない。

「俺は、お前を……」

「う……?」

放置されて、背筋がぞくぞくする。じっとしていられず、漣は脚を伸ばして、覆いかぶさる央我の腰のあたりを膝で擦った。

「っ、おい……っ」

素肌と素肌の触れ合う感触が、気持ちいい。すり、ともう一度撫でると、央我が息を呑む気配がした。その一瞬後、央我は漣の腰を抱き上げる。

「あっ……！」

濡れそぼり、綻んだ場所に熱くて大きなものが突き入れられた。それと同時に、腹の上が濡れた感触がする。

そうして、先程「よくわからないけれどどうにかされたい」と思っていた自分が、央我になにをされたかったのかというのを身を以て悟った。心にも体にも足りなかったものが、満たされていくような心地がした。

だがまだ頭では自分の身になにが起きたのか理解できないうちから、がつがつと体を揺さぶられてか細い悲鳴を上げる。

「つぁ、あっ、あっ、あー……っ」

無意識に逃げる体を両腕で阻まれて、漣は泣きながら喘ぐ。央我の熱と息遣いを感じながら、ただ受け入れること以外できない。

「漣……っ」

「う、ぁ……っ」

苦しいくらいに抱きしめられて、奥まで嵌められる。更にその奥に、熱いものが叩きつけられる感触がした。

「あっ……？　あっ……あぁ……っ」

逃げる腰を押さえつけられて、全部飲み込む羽目になる。互いの体の間に挟まれた両手で央我の広い胸を叩いて抵抗したが、両腕の強い拘束でままならない。漣は息を震わせながら、ただそれを受け止めるほかなかった。中に入った央我のものはまだ熱く、硬いままだ。

繋がったまま、央我は漣を抱き起こす。

「や、ぁ……っ！」

寝台の上に座った央我のあぐらの上に座るような格好をとらされた。自重で更に深いところまで腰が落ち、息苦しさに頭を振る。

「いや、やだ……っ、ん、む」

後頭部を引き寄せられて、唇を塞がれる。頭と腰を押さえつけられながら、下から突き上げられた。

「んんっ……ん……！」

抵抗したいのに、また、あの香りがした。怖くて逃げたいのに、体から力が抜け央我の体にしなだれかかってしまう。やだ、と言いながら、漣は央我の唇に自ら唇を寄せ、舌を絡めていた。

次第に央我の動きが激しくなり、また、体の中に熱いものを出されると悟る。央我が時折呻くように息を漏らすので、その両肩を押しやって、唇を解いて頭を振った。

「っやだ……、おうがさま、まって、いやっ」

「っ、馬鹿、無理だ……っ」

「やだ、や……、あぁ……！」

強く穿《うが》たれ、中で出されると同時に、目の前が真っ白になる。

がくんと後ろに倒れそうになった体を、両腕で抱き寄せられた。全身に力が入らないのに、腰だけが自分の意思ではなく揺れているのがわかる。指先まで、爪先まで痺れて、ぐずるように「いや」と繰り返した。

漣の中に入ったままのものは、二度も出したのにまだ硬い。央我の息は荒く、時折息を詰めながら、深い呼吸を繰り返している。ぐったりと身を預ける漣を上向かせ、また唇を塞いできた。

唇を合わせながら、央我はまだ着用したままだった漣の衣服の釦を下から外していく。立ち襟の、一番上の釦まで外された瞬間、央我の手がびくりと強張ったのがわかった。

「っ、おい……！」

強い口調での呼びかけに、閉じていた瞼を開く。胸を喘がせながら、央我が漣を睨みつけてきた。

「っ……、お前、首輪はどうした……！」

「え……？」

一瞬なにを問われているのかわからず、ぼんやりと央我の顔を見つめ返す。

「何故、アルファの部屋に来るのに首輪をしていない！」

その問いかけに、今までどこかに飛んでいた思考が一瞬で戻ってくる。

——あれ、俺……。

どうして首輪を、していないのだろう。

風呂に入り、寮の部屋で央我のことを気にしていたら、同僚に「少しだけ声をかけてきたら」と言われた。

お茶を届けたら、すぐ部屋を出るつもりだった。それでも普通、首輪はしていく。でもあのときは、どうしても、すぐに央我のもとへ行きたくて。

「――！」

咄嗟に、漣は首元を両手で覆った。

頭も、全身も、一気に冷える。

そうして初めて、自分たちが一対のアルファとオメガとして発情し合っているのだという状況に思い至った。

考えなくてもわかりそうなことなのに、怖くなるくらい、先程までの自分はそのことに思い至らなかった。それくらいに、理性が失われていた。

「っ……違、……あの、俺……」

違うんです。ただ忘れてしまっただけで、央我様を罠にかけようと思ったわけじゃないんです。だまし討ちで番になろうとしたわけじゃない。そんな分不相応な罪深い願いなんて、抱いてない。ただ、すぐに央我様に会いたくて。それで、他のことが疎かになって、本当に、そんなつもりじゃなくて。

言い訳は喉《のど》で詰まって出てこない。きっと呆れられている。失望されている。軽蔑されたかもしれない。

漣は戦きながら、央我を見返した。彼がどんな顔をしているか、涙で滲んで全然見えない。

「違、――」

言い訳を許さないとばかりに、央我は漣の手首を軋むほど強い力で摑んだ。そして、無防備な鎖骨に嚙み付いてきた。

「……っ、……！」

ぎり、と薄い肌に彼の歯が食い込む気配がした。けれど、不思議と痛くは感じない。確かに痛みはあるのだけれど、それよりもまた体中を包む甘い匂いと思考を溶《と》かす快感に犯される。

けれど、一瞬冷静になってしまったからだろうか、央我が項を避けて歯を立てている——番契約を結ばないようにしている、という事実に気づいてしまった。

ほっとすると同時に、寂しくて、惨めな気持ちになる。

鎖骨に嚙み付いたまま、央我はまた漣の体を揺すり上げた。

痛い、と漣は啜り泣く。嚙み付かれた場所よりも、心が痛くて痛くて堪らなくて、泣きながら喘いだ。

翌日、漣は頼馬の実家である病院の一室で目を覚ました。

嚙まれた鎖骨には血の滲んだ大きな綿紗《めんしゃ》が貼ってあり、傍らには央我がいて、漣の顔を覗き込んでいた。

そして第一声「悪かった」と言われてしまえば、漣には「こちらこそ、申し訳ありませんでした」以外に返せる言葉はない。

緊急避妊薬も処方され、番にはなっていないから、と教えてもらった。家人たちにはわからないよ

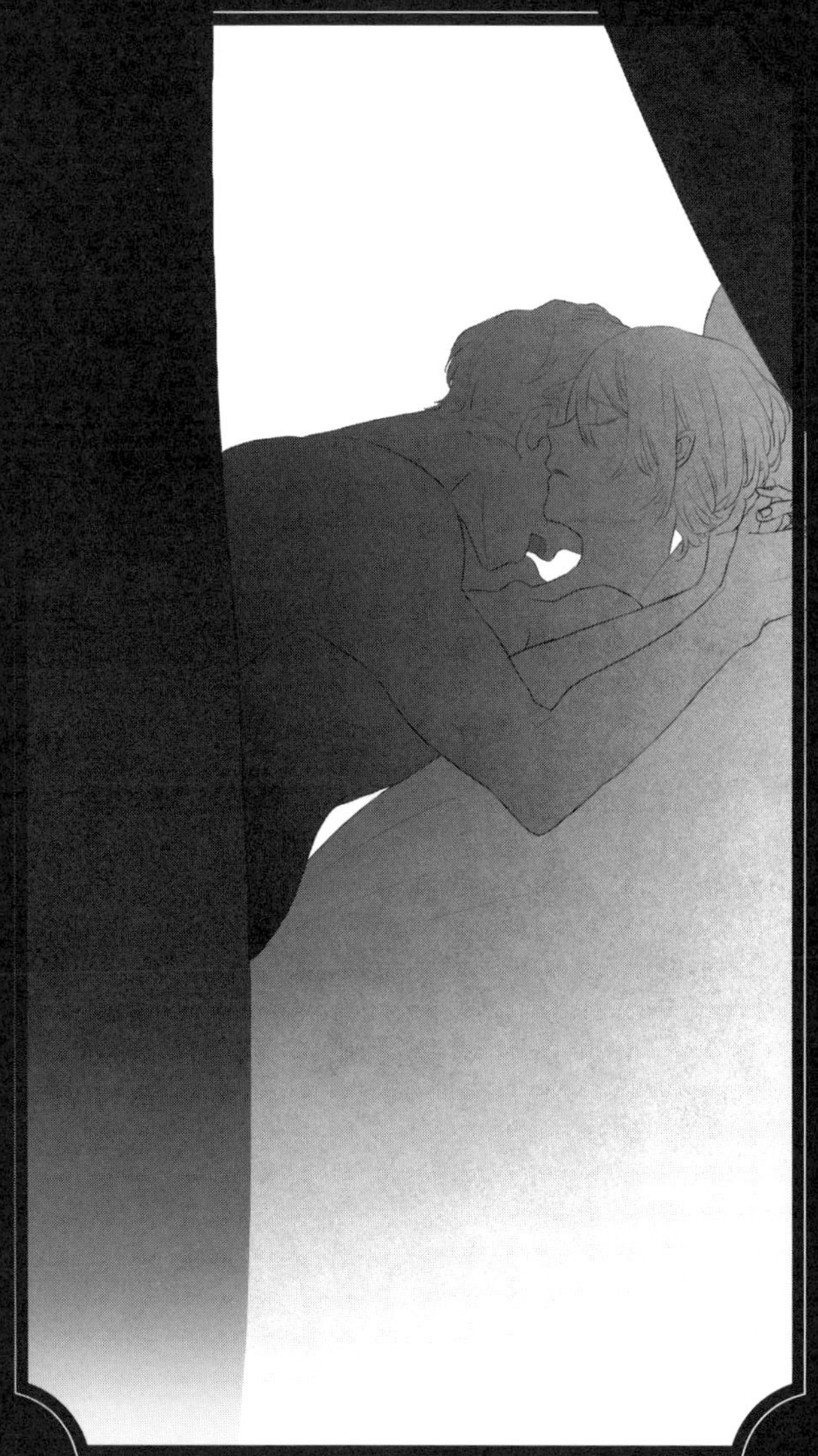

うに夜中のうちに病院に運んだと言われて、「わかりました」と答えた。

周到に昨晩二人にあったことを隠そうとする央我の意思に、漣は従った。

あくまで自分は、番のない跡取りの一時の目眩《めくらま》し要員であり、それが真になっては困るのだ。

幸い、来栖の妊娠がわかった直後で屋敷中が慌ただしく、漣が一日いなかったことに誰も気づかなかった。


「久し振り、漣。元気だった？」

あの夜から一週間ほど経った昼の休憩中、中庭で一人ぼんやりとしていたら、声をかけられた。顔を上げれば、そこにいたのは風唔だ。

「お久し振りです。風唔様」

「なんか、皆忙しそうだねえ」

漣は小休憩中だが、まだ走り回って仕事をしている者たちもいる。

来栖の妊娠がわかったあと、もっと先の予定だった結婚式が、安定期を目安に少し繰り上げることになったのだ。来栖はオメガというだけでなく体が弱いので、産後の体に負担をかけたくないという新郎の頼馬たっての希望だった。央我たちの父親は式に間に合うように急いで帰ると連絡があったという。

予定より繰り上がってしまったため、当日にはどうしても予定を空けられない、或いは出入りの商家などの、式に同席できる立場ではない者は直接屋敷に祝いの品を届けに来たりする。

その場合は概ね食事会となるので、厨はこのところ調理や買い出しなどで忙殺されていた。

央我は次期当主として招待客の接待、通常の仕事と、併せて忙しくしていた。少し前までは恒例だった勉強会は、今もなお休み中だ。

央我とはもう何日もまともに会話していない。もっとも、平静を装う自信がなかったので、ちょうどよかったのかもしれない。央我の噛み痕は未だ生々しく鎖骨に残っていて、医師からは痕は消えずに残るかもしれないと言われていた。

「央我、なんか妙に忙しそうにしてたけど、なんかあった？」

「港街の領主様っていうのもありますけど、特にうちの旦那様は人脈が広くていらっしゃるので……いつお客様が途切れるかわからないのでばたばたしてらっしゃるみたいです」

央我たちの父は貿易なども盛んに行っているので、ご機嫌うかがいにやってくる商人も多い。貴族階級ではないが、莫大な資産を持っている、という場合も多いので、祝いの品物を受け取って終わりとはいかないのだ。

これが跡取り——つまり央我の結婚となったら更に忙殺されるであろうことは想像に難くない。

だが、風唔は首を傾げる。

「いや、そうじゃなくて、なんか無理矢理予定詰め込んで忙しくしてない？　あいつ」

「無理矢理？　いえ、そんなことはないと思いますけど……」

ただでさえ忙しくしているのに、そんなことをする道理がない。風唔はふうん、と相槌《あいづち》を打った。

「まあいいけど。あ、俺の用意した首輪してくれてるんだ」

ちょいちょいと自分の首元を指して風唔が目を細める。それに触れて、漣は苦笑した。

「その節は、ありがとうございました」

あの日から、漣は寝るときもこの首輪を外さないようにしている。

「……元気ないね、漣」

聡い風唔が、そんなふうに問いかける。

「使用人で疲れてない人なんていないですから、多分」

とにかく今までよりも格段に忙しくなり、漣だけでなく他の使用人たちも皆、通常よりも就寝時間が早くなっている。仕事を終えて風呂に入ったら、もう目を開けていられないのだ。寮でも皆泥のように眠っている。

だが、風唔が言いたいのはそういうことではない。

「そうじゃないだろ。どうした？　なにかあった？」

初対面のときは少々軽薄そうだと思ったが、今は本当に漣を心配して訊いてくれているのがわかる。

漣は曖昧に首を傾げた。

「あの……俺、そんなに来栖様と顔、似てますか？」

漣の言葉に、風唔が目を瞠る。

「そうだな。……むしろ、本人たちが気づいてないとは思わなかったくらいには、似てるな」

漣の容姿は来栖ととてもよく似ているのだそうだ。

髪や目、肌の色が違うので、見間違えるかと言われればそうではないが、「色違い」と表現できるくらいに漣と来栖の造形は似ているらしい。声も、使用人が間違うほどだという。声は自分の頭に響いている音と実際の音が違うので、指摘されても今もまったくわからない。

――色々と腑に落ちた。

思えば、央我にも、この家の人たちにも、初対面のときから驚かれ、じっと顔を見られていた。

それは単に、オメガだからとか、みすぼらしい格好だからかと思っていた。こんな田舎の貧しそうな育ちのオメガを次期領主様が連れてきたら驚くだろうと。

――でも、そうじゃなかった。

央我が、兄に過剰な愛情を注いでいるのを、使用人たちは皆知っている。使用人だけではなく、市井の人々さえ来栖本人の姿を見たことがなくとも、「兄想いの央我様」と認識はしているほど、有名な話だ。

恋愛感情があるとまでは考えていないようなのだが、それでも、偏執的《へんしゆうてき》ともいえるほど実兄に愛情を注いでいた央我が、兄の婚約発表と同時に、その兄にそっくりなオメガを連れて帰ってきたので、皆動揺していたのだ。

やけに気遣ってくれたのも、なにも知らずに利用されているのではないかと心配してくれていたからしい。

――考えてみれば、この家の人たちはオメガだからって下に見ることはないんだから。来栖と対面した段階で気づいていれば、少なくともこんなにも落胆し、悲しい気持ちにはならなかっただろう。

「でも一応鏡見てるのに、気づかないもん？」

「……今も別に、似てるとは思ってないですよ」

あまりに言われるので、目鼻立ちに似ているところはあるかもしれない、と感じる程度で、やっぱりあの天使のように美しい来栖と自分の顔がそっくりだとは信じがたかった。顔が似ているのに来栖を褒《ほ》めれば自分の容姿を褒めたようになってしまうことになるのだが、どうしてもそうは思えない。

「俺、地元では不器量だって言われて育ちましたし」

「漣が不器量だったら、来栖様もそうなっちゃうし、俺らの立場がないんだけど」

お前の器量が駄目なら大概のやつは皆駄目だと、自分のほうがよほど綺麗な顔立ちの風唔が言ってくれる。思わず苦笑した。

「来栖様は違いますよ。俺が、駄目なんです。俺だけが不器量なんです」

小さな頃から実の母親を筆頭に、弟は可愛いけどお前は、と評されてばかりだった。父だけは可愛いよと言ってくれたけれど、それは漣を不憫《ふびん》に思ってのことだろう。那淡も可愛げがない漣よりも弟のほうが可愛くて頼りなくて守ってあげたいのだと言っていたのだ。

「……あいつ、なにしてんの？」

風唔がそんなことをぽつりと言うので、漣は顔を上げた。

「あいつって？」

その視線の先になにかいるのだろうかと視線を流せば、目の前に来栖とその婚約者である頼馬が立っていた。

「お二人とも、どうなさったんですか」

慌てて立ち上がると、二人とも「いいから」と手で制する。

央我だけでなく、主役の二人もそれぞれの家で来客に対応しているはずだ。何故こんなところにいるのか、頼馬が教えてくれた。

「央我から、来栖が疲れているから休ませてくれって連絡が来てね。それで、気分転換と休憩に散歩をしているんだ」

「ごめんね。その分、また央我の仕事が増えてしまったんだけど……」

体力のない来栖に、来客対応と連続の会食は確かに辛そうだった。頼馬も忙しいのに変わりはないだろうが、央我が時間の調整をして久し振りの逢瀬の時間を作ってくれたということらしい。

来栖は漣を見て「やっと会えた」と目を細めた。

「この間は心配かけてごめんね。あの後なかなか話す機会が作れなくて、お礼を言うのが遅くなってごめん。倒れた僕の下敷きになったって聞いて早く謝りたかったんだけど」

「いえ！　とんでもない！」

「俺からも礼を。あのときは来栖を支えてくれてありがとう。怪我はしなかったか」

「だ、大丈夫です、もう」

目上の人物から礼を言われるのにはまだ慣れない。当然のことをしただけなのにと慌てて首を振ったら、彼らは顔を見合わせた。

「……もう大丈夫、ってことはやっぱり怪我してたの？」

「いえ、大丈夫です！」

なにもないです、と不安そうな二人に笑顔で否定する。足を少し捻《ひね》ったが、もう治ったので大丈夫だ。

「ならいいけど……なにかあったら、央我にちゃんと言わないと駄目だよ」

「言えるわけないです」

少々強めの語気で言い返してしまい、はっと口を閉じる。だが来栖と頼馬はそれを聞き逃さなかった。

「どうして？」

「あいつは、言えばなんとかしようとすると思うぞ」

使用人を大事にしている彼なら、確かにそうだろう。だが言えるわけがない。あんなことになってしまって、合わせる顔がないのだ。

「……央我様が一番大事なのは、来栖様のことだから」

ぽろりと零れたのは、隠そうとしていた本音だった。青褪めかけたが、央我が兄想いであることは頼馬たちだけではなく来栖本人も知っている。

「央我は確かに僕を大事にしてくれているけれど、それとこれとは……恋人のことは別だよ。僕の弟は、家族も、家族同様の使用人も大事にしてる。それに、恋人が辛い思いをしてるのを知らなかったなんて、あの子は後悔するはずだよ」

特に怪訝に思われることもなく、来栖に宥められる。安堵する一方で、虚しさも募った。

そうですね、と飲み込めば丸く収まるのに、漣は首を横に振ってしまった。後から思えば、やはり疲労が溜まっていて判断力が鈍っていたのかもしれない。余計なことを口走る。

「央我様は、きっと俺がいなくなっても気にしません」

漣、と呼んだのは風唔か来栖か。

だって、自分と彼は本当に恋人同士ではない。あくまで、来栖への恋心を知られないための、来栖がなんの憂《うれ》いもなく嫁ぐための目眩しに過ぎないのだ。

脳裏を駆けるのは、倒れた来栖を支えた漣を見向きもしなかった央我。重なるように、元婚約者の那淡の姿が過る。

お前は一人で生きていける、弟と違って可愛げがない、もともと好きじゃなかったと嗤った男の声が蘇った。それに、病院で「悪かった」と言った央我の声が重なる。

妊娠しないように薬を飲め、誰にも知られないように、何事もなかったようにと。

「……俺は、どうせ誰かの一番には、なれないから」

自分でも思いもよらなかった言葉が漏れてしまい、口元を押さえる。勢いよく立ち上がると、三人とも驚いたように漣を見ていた。

「あの、今のは」

冗談です、と笑ってごまかそうと思ったのに、声が出ない。下手な笑顔を作ってしまい、三人が狼狽した様子を見せる。

「……今の話、……俺が言ったこと、央我様には言わないでください」

「漣」

「お願いします。……こんなふうに思ってるって知られたら、きっと」

嫌われる。

消え入りそうな声で言って、漣は唇を噛んだ。


あまりに悲壮な顔をしていたせいか、三人は必死に漣を慰《なぐさ》めてくれた。激務が過ぎて精神的に参っていると思われたのか「少し息抜きしようか」と言ってくれたのは来栖だ。

「――漣、俺は宝飾品店に行ってくるから」

「じゃあ俺、港のほうで荷物確認してくる」

同僚と互いによろしく、と言い合って離れた。

「息抜き」には、ちょうど小休憩に入ったばかりの同僚も一緒に、街へ出かけている。

といっても「息抜きで自由に遊んでおいで」と言われたらそれはそれで困ってしまう、という漣の性格を見越してか、簡単なお遣いつきだ。

同僚が道中「皆大忙しの中ただ遊べと言われていたら、罪悪感が先に立って楽しめそうもないよね」と言っており、同意せざるを得ない。

彼が受け取りに行ったのは、央我が予《あらかじ》め買い付けていた宝飾品だ。こちらは今回の婚礼の祝いに対する返礼品の一部である。

漣は本日の午後の便で届く予定の荷物の確認を仰せつかった。品目と個数を確認し、荷受け係に渡すだけの作業となる。

それなりの時間はかかるがやはり重労働ではない。まさしく「お遣い」である。

――皆忙しくしてるのに……いいのかなあ。

「帰りになにか美味しいものでも食べておいで」と駄賃《だちん》までもらってしまった。

少々後ろめたさはあるものの、実際に屋敷の外へ出てみると、ずっと苦しかった胸がほんの少し和らいだような気もする。

「こんにちは」

荷捌《にさば》き場を覗くと、顔見知りの職員が「おお、漣！」と声をかけてくれる。

「久し振りだな！　来栖様も輿入れだし、お子が生まれるというし、お前たちもいよいよか？」

央我が使用人のオメガと付き合っているというのはそれなりに知られた話となっていて、それが漣だと知っている者もいる。漣は曖昧に笑ってごまかした。

「荷物届いてますか」

職員の男は、頭を掻きながら「それがなあ」と言う。

「波の状態が悪くて、他の荷も予定の半分が届いてねえんだ。領主様んとこの荷物は早くて明日の朝かもしれねえ」

確かに、今日は波止場にあまり人の姿が見られない。海が荒れていて、船が殆ど出せないからだぞうだ。

「そうですか。じゃあ明日また改めて……他の人が来るかもしれないですけど」

「悪いな」

唯一のお遣いがなくなってしまい、手持ち無沙汰になる。

――することもないし……俺も宝飾店のほうに行こうか。

そう思案していたら、先程の職員に「漣」と呼び止められる。

「なあ、そういえばお前、山向こうの出だって言ってたよな」

「え？　あ、はい。宿場のある町です」

特に隠していることではないが、出自を言う機会もあまりない。だが彼には作業中に、雑談のついでに話したことがあった。職員は無精髭《ぶしょうひげ》を擦りながら、難しげな顔をする。

「なんか、近頃その山向こうの町から来て『レン』っていう名前のオメガを探しているっていうやつがこの街に出入りしてるらしくて」

「え……っ？」

「まあ『レン』なんて名前そう珍しくもないし、探しているのは『男娼』か『奴隷』かっていうんで、じゃあ漣ではないよなあって」

そもそも、男娼はともかく奴隷はこの街にはいない。港街なので、売ったり売られたりすることもあるかと思い訪ねてきたのだろうが、この地域を統治している領主の方針により、人の売買は厳しく取り締まられていた。

「そういう評判が立つの自体が、名誉なことじゃないからな。皆結構気にしていたんだが……同じ名前だし、一応気をつけとけよ。面倒に巻き込まれそうならさっさと逃げるか、央我様に相談するといい」

「は、はい」

気にすんなよ！　と朗らかに笑って、職員は漣の背中を叩いた。本人は軽くのつもりだったかもしれないが、勢いのよさと力の強さに若干よろける。

悪い悪いと豪快に笑って、彼はもう一度「気をつけろよー」と言って仕事に戻っていった。

踵を返して港を出ながら、漣は自分の胸が嫌なふうにざわついているのを感じる。

確かに「山向こうの町」といっても、宿場町を通る街道の周辺にはいくつもの集落がある。だが少なくとも漣の育った土地には「レン」という名のオメガは自分しかいなかった。

――でも、あの人たちに俺を探す理由がない。

それに、自分は「男娼」でも「奴隷」でもない。だから多分人違いであり、大丈夫だと言い聞かせる一方で、あの町や、あの町と同じ価値観の場所にいたら、自分はそのどちらかになっていたかもしれないと思う。

それでもやはり、彼らが自分を探す理由に心当たりがないのだ。

――早く、合流してお屋敷に帰ろう。

胸騒ぎがする。このままここにいてはいけないような気がしてならない。

焦燥《しょうそう》にかられて、漣は急いで宝飾店へと向かった。

「――！」

近道をしようと裏路地に入りかけた瞬間、唐突に腕を摑まれる。強い力で引っ張られたせいか、転びそうになった。

「漣！」

聞き覚えのある低い声に、まるで首を絞められたように喉が詰まった。

「……那淡？」

そこにいたのは、かつて婚約者だった那淡だ。互いの顔を認識した瞬間、腕を摑む力が強くなる。

鈍い痛みに、思わず顔を顰めた。

「お前、やっぱり、この街にいたのか」

「やっぱり、って」

ち、と舌打ちをして、那淡が漣の腕を引く。骨が軋むほど強い力で握られて「痛い」と訴えた。だが、那淡は力を緩めない。

「那淡、痛い。離して」

「黙れ。また逃げ出されたら面倒なんだよ。大人しくしてろ」

「……逃げ出す、って」

漣は逃げ出してなどいない。

追い出したのはそちらじゃないかという文句が喉まで出かかったのに、言葉にならなかった。唖然として、頭が働かなかったのだ。

それに、あまり大騒ぎしたら、今の雇い主である央我に迷惑がかかりそうで怖かった。

「待ってよ、どこに行くんだ」

「俺たちの町に戻るに決まってる。まったく、面倒をかけさせて」

話についていけない。必死に抵抗をしているつもりだったが、アルファとオメガの力の差は歴然で、漣は容易く引きずられる。

連れていかれたのは、港の奥にある馬や馬車などを留め置く馬繋場だ。待機していた他の馬車の御者たちが、怪訝な目で漣たちを見ている。

恐らく那淡が乗ってきたであろう、見慣れた馬車があった。昔はひどく立派に見えたが、央我たちのものに比べると比較的簡素だ。

「ほら、さっさと乗れよ」

どん、と思い切り背中を殴られる。不意打ちに、漣はよろけて膝をつき咳き込んだ。愚図、と昔のように罵《ののし》られる。

漣は小さく深呼吸をして立ち上がり、那淡を見上げた。

「……俺にはこの馬車に乗る理由がない」

はっきりと拒んだ漣の言葉に、那淡が苛立つのを肌で感じる。アルファの怒気に、本能的に怯《ひる》んだが、目は逸らさなかった。

那淡は舌打ちをして、漣を睨み下ろす。

「理由なんてあるだろ。俺が迎えに来てやったんだから感謝しろよ」

「だから、どうして」

那淡が、苛立ったように溜息を吐く。話の通じないやつだ、とでも言いたげだ。

あまりの言いように見かねてか、御者の誰かが「おい兄ちゃん」と声をかける。だが那淡は、「ベータのくせに馴れ馴れしく声をかけるな」と暴言を吐いた。

そして、じろりと漣を睨めつける。

「……見たとこ、綺麗な服着てるよなお前」

このところ漣が普段着用しているのは、主に来栖からのおさがりだ。だから一般庶民よりは少し値が張るものが多い。

不意に、乱暴に胸ぐらを摑まれた。首が強く締まり、息が苦しい。

「オメガなんかが、こんなでかい街でそんな豪華な服を着ていられる理由なんて、知れたもんだろうが。金持ちの奴隷か妾《めかけ》にでもなったんだろう、この淫売《いんばい》」

口汚く罵られて、怒るよりも呆気にとられてしまった。

反論をしない漣に、那淡は図星を突いたのだと思ったらしい。そして、風唔を通して央我がくれた金属性の細かな細工の施された首輪を見て勝手に確信したようだ。

「いくら食うに困ったからって、そんな浅ましい真似をするとは思ってなかった。元婚約者として情けなくて涙が出そうだよ、漣。だけどな、どんな恥知らずだろうと、お前は弐湖の血縁だからな。だからもう一度預かってやろうって言ってるんだ、感謝しろ」

勝手な言い分をまくし立て、更に襟を絞められる。負けじと睨みつけると、那淡の手に力が入るのがわかった。

「那淡、もう許してあげて」

互いに睨み合っていたら、場違いなほど明るい声が割って入る。

「弐湖」

那淡はぱっと手を離した。急に肺に流れ込んできた酸素に、漣は再び咳き込む。

馬車から降りてきたのは、久し振りに見る弟だった。もう子供は生まれたようで、結婚式では少し膨《ふく》らんでいた腹が平らになっていた。

「……弐湖」

こほ、と咳き込んだ漣に、弟は嫣然《えんぜん》と微笑む。

「久し振り、兄さん」

那淡は、まるで漣が暴力でもふるうとでも言わんばかりに、庇うように弐湖を抱きしめた。

「兄さん、戻っておいでよ」

「……何故」

弐湖は眉尻を下げて首を傾げた。

「男娼なんて、いつ死ぬかわからないでしょう？ 子供ができたらどうするの？ だったらうちに戻っておいでよ。許してあげるから」

よく通る声で朗らかに告げられた科白に、御者や行き交う人々の視線が集まってくるのがわかった。

本当に漣が男娼だと思っているのか、違うとわかっていて貶《おとし》めようとしているのか、どちらなのだろうか。

「……なにか誤解があるみたいだけど、俺は別に男娼でもなければ奴隷でもないから」

央我の家に世話になっていると言えばいいのだが、そんな事情を話していい方向に転ぶとも思えなかった。

なにより、今の雇い主の――央我の迷惑になるような真似だけは絶対にしたくない。

はあ、と弐湖は聞えよがしな溜息を吐く。

「いいんだよ、ごまかさなくて。見栄っ張りなのは、兄さんの悪いところだな」

まるで窘めるような口調で言われて、漣は口を噤む。

「子供の頃からそうだったよね。アルファと婚約してるって僕にいつも自慢してさ。仕事もできないのに偉ぶって、自分の仕事を僕に押し付けてばかりで」

弟は、無邪気で可愛い、しっかり者だと思っていた。昔は叱られて落ち込んだりしていたとき、度々「それは兄さんがよくないよ」「仕方ないよ、オメガなんだから」と言われていたのを思い出す。

だが、彼らから離れ、央我の家の世話になって使用人たちと過ごしてから彼らと対峙すると、こんなにも独善的で理屈の通っていないものだったのだと知る。

――もしかしたら、弐湖が「手伝ってあげる」って言ってたのって、全部弐湖がやってたことになってたのかな。

「今ならまだ、皆許してくれるよ。俺も一緒に頼んであげるから、戻ろう?」

呆気にとられて即座に応えなかった漣に、那淡が舌打ちをする。

「弐湖にここまで言わせて、お前は何様のつもりだ」

「いいんだよ、那淡。元はと言えば、僕らが兄さんを傷つけてしまったんだから……」

目を潤ませた弐湖を、那淡は「お前は悪くない」と焦ったように抱きしめた。

その一方で、話せば話すほど漣の頭は冷えていく。先程までは怒りとも呆れともつかないもので唖然としてしまっていたが、こうして喋っていると、どんどん冷静になっていくのがわかった。

「……許すもなにも、結婚するから出ていけって言ったのはお前らだろ」

「ひどい、そんな言い方」

「ひどいのはどっちだよ。住み込みで働いてた元婚約者が居続けるのは外聞が悪いから首、生まれた子供になにかされたら怖いって弐湖が泣くから家も出ていけ、って着の身着のままで俺を放り出したお前らはひどくないわけ？」

ひどいだなんて、漣は考えたこともなかった。それは本当だ。

自分はそう扱われて当然の存在だと思っていたから、本当に恨《うら》み言もなにもなかった。

けれど、それがおかしいと教えてくれた人たちがいる。央我と、央我の家族と、同僚の皆だ。

――だけど、俺と違って、こいつらにはそれが一応おかしいっていう自覚はあったんだな。

漣の言葉に、二人とも若干気まずそうな顔になったことでそれを知る。

けれどそれは彼らが反省しているというよりは、それを見ず知らずの他人の前で暴露されたことによるものだろう。向けられた視線に二人とも居心地が悪そうだ。

故郷での暮らしこそ、奴隷そのものだった。無給で、休みもなく働かされ続けて、用がなくなれば捨てられたのだから。

男娼か奴隷になる以外選択肢はない。そう確信していた弟と元婚約者に、自分は捨てられた。

「で？」

漣の問いかけに、弐湖が大きな目を瞬く。これが、那淡が可愛いと褒めていた仕種だろうか。

「今更俺を連れ戻そうっていうのはどういう魂胆《こんたん》なの」

「魂胆って、そんなひどい……！」

「——もしかして、仕事でなにかあった？」

被害者ぶられる前に問いをかぶせると、那淡と弐湖が顔を見合わせる。沈黙は肯定と同じだろう。

「俺が抜けた分の仕事、回ってないんだろ？」

もっと噛み砕いて問い詰めたら、今度こそはっきりと気まずそうな顔をした。

「……俺、お前らはちゃんと仕事してるもんだと思ってた。けど、違ったんだな」

以前風唔が、宿場町がやけに混んでいた、と言っていたのはそのあたりが理由なのだろう。

漣は婚約者として、那淡の家の仕事を朝から晩まで休まず手伝い続けていた。本陣の妻としての仕事だけでなく、那淡が弐湖と密会するために押しつけられていた仕事も、全てだ。

人の何倍も働いていた漣が抜け、仕事が回らない。漣に投げっぱなしにしていた本来の仕事は那淡自身に、そして大旅籠の主人の妻としての仕事は弐湖に割り振られる。

もう何年も怠《なま》けていた那淡、そしてただ彼の妻となることしか考えておらずなにもしていなかった弐湖には、到底仕事が捌けるとは思えない。

「今、こうしてる間に仕事は誰が回してるの？　奥様？　それとも別の誰か？　……普通は、何年かけてでもこなせるように努力するところなんじゃないの？」

二人は答えず、ただ漣を真っ赤な顔で睨みつけている。

「俺を家に戻せば、また前みたいに二人で遊んで暮らせて幸せになれるに違いないなんて思ってるのは、いくらなんでも世の中舐めすぎてない？」

ふ、とどこかの御者が笑う気配がした。

誰も口を挟んではこないが、聞き耳を立てられているのは間違いない。那淡の顔は、血が上りすぎて黒っぽくなっていた。

「第一、どういう理由で元婚約者の俺が戻れるんだよ。奥様だって許さないだろ、そんなの。子供も生まれたんだから、地道に二人で頑張りなよ。運命の番なんだろ？」

漣の言葉に、二人は唇を引き結んでいた。

——……こんなふうに、自分が言えるなんて思わなかったな。

自分は、思っていたより価値のない人間じゃなかった。

もしかしたら、子供の頃にこういうふうに思えていれば、あのまま宿場町で大旅籠の妻として生きる人生があったかもしれない。

だがそれは、あの町ではどうしても無理なことだっただろう。

やっと、自分の置かれていた境遇が異常で、自分の受けた仕打ちに対して反意を覚えられたのは、央我に出会ったからだということを自覚できた。

「話がそれだけならもういい？　俺も仕事に戻らないと」

じゃあね、と言って踵を返す。

余計なところで時間を食う羽目になってしまった。まだ宝飾店に同僚がいるかはわからないが、早く屋敷に帰ろう。

そう思案していたら、突如背後に引っ張られた。

「――！」

地面に仰向けに倒され、起き上がるより早く引きずられる。暴挙の主は那淡で、そのまま馬車の中に押し込まれた。

「なに……っ、離せ！」

「うるさい、大人しくしろ！」

俯せに返されて頭を掴まれ、床に押し付けられる。

「あっ……、金属……」

呟く声は弐湖のものだ。恐らく、首輪のことを言っているのだろう。町を出るまでは、脆い革製のものだった。金属製のものは鍵がなければ外れない。その鍵は、ひとつは漣の部屋に、もうひとつは表向き恋人である央我が預かってくれている。

ち、と舌打ちされるのを聞いて、ぞっとした。

恐らく布や革製だったら、切られて無理矢理番にされていたのかもしれない。

「……まあいいか、番にならなくても妊娠はできるもんね」

「は……？」

漣の頭を跨《また》いで座面に腰を下ろした弐湖が、小さく溜息を吐く。

「兄さん、さっき『奥様は許さない』って言ったでしょ。でもお義母様《かあさま》も、那淡の子供がいれば兄さんのこと許してくれるよ」

は、ともう一度繰り返し、漣は自分を押さえつける男に視線を向ける。弐湖ほどには割り切っていないのか、その表情は苦々しげだ。

「那淡……？　弐湖？　お前ら、運命の番って言ってただろ」

それなのに、自分が他のオメガを抱くのを、番が自分以外のオメガを抱くのを許せるのか。

——恋人でも番でもないのに、俺は苦しかったのに。

央我が来栖のことを好きだという事実も、いずれ彼が漣ではない他の由緒あるオメガと結婚するのだと想像するだけでも、漣は辛かった。

番になるのを拒んだ央我に鎖骨を噛まれて、強固な金属の首輪をつけられたことも、とても、とても辛かった。

それなのにどうして。

弐湖は小首を傾げて、無邪気に笑う。

「だって、しょうがないじゃない。既成事実でもないと、兄さんがうちに帰ってこられないでしょ？」

「——っ、那淡！」

お前はどうだなんだと見やれば、那淡は渋面を作りながら「仕方ない」と同じことを言った。

「でも、俺が好きなのは弐湖だけだ。運命の番は弐湖だけだ」

「わかってる、那淡。僕も愛してるよ」

首を傾げて笑う弐湖に、那淡が頬を緩める。

「……子供ができるまでは抱いてやるが、馴れ馴れしくするなよ。漣。お前はただ孕めばいいんだ」

この期に及んでそんな科白を吐けることに、呆れて物も言えなかった
「さ、もう行こう。あまり長居すると暗くなっちゃう。その前には宿に着きたいよね」

「――!」

このまま馬車を出されたらたまらない。突如暴れ出した漣に、那淡が舌打ちをした。

「離せ……っ」

このままでは、本当に那淡たちの計画通りに事が進んでしまう。オメガの使用人である自分が一人消えたところで、どうということはないだろう。

――でも、もし、そんなことをされたら。

子供ができてもできなくても、那淡に犯されたら、きっともう自分は央我に合わせる顔がなくなってしまう。

央我は、漣に誰の手垢がついても気にしないだろう。多分、そこまで興味を持ってはいないし、使用人のオメガの中には漣よりももっと劣悪な環境から来た者もいる。けれど、央我やその家族は、誰一人として差別することもなく、使用人たちに平等に接している。そういうアルファで、そういう人たちが治める土地がこの港街なのだ。

――だけど、俺はきっと央我様の目を見られない。

他の男に蹂躪《じゆうりん》された己を央我の前に晒すことを想像するだけで、辛くて、胸が苦しくて、死んでしまいたくなる。

「こいつ、暴れるな！」

髪を摑まれ、頭を床に打ち付けられる。がつんと骨と床板が当たる衝撃に、一瞬意識が飛びかけた。

「っ、もう出して！　早く！」

弐湖が、恐らく御者に呼びかけているのだろう。馬車が軋むように動くのがわかった。内心焦ったけれど、意識が半分飛んでいて体が動かせない。

このまま拐《さら》われて、那淡に孕まされてしまうのだろうか。

央我にされたようなことを、那淡にされるのか——想像しただけでぞっとする。

——嫌だ……、助けて……！

央我様、と小さく叫んだ瞬間、ふっと体の上に伸《の》し掛かっているものが消えた。那淡の姿がない。

「——漣！」

開いたままだった馬車の扉から乗り込んできたのは、央我だった。

——夢？

咄嗟に、なにも考えずに漣は手を伸ばす。力強い央我の手に手首を摑まれ、走り始めていた馬車から引っ張り出された。体勢を崩すこともなく、央我は漣の体を片腕で抱えたまま危なげなく着地する。

「漣、無事か⁉　大丈夫か⁉」

広い央我の胸に抱き寄せられて顔を覗き込まれ、目を瞬く。

自分が触れている央我が本物だとわかると、まるで堰《せき》を切ったように涙が溢れた。

「っ、おうが、さま」

涙が止まらないけれど、先程までよりもずっとうまく呼吸ができているような気がして、央我の胸に顔を埋めたまま嗚咽を漏らした。

ほ、と央我が息を吐くのが胸の動きでわかる。同時に、彼の胸の鼓動がとても早くなっているのも伝わった。

「……よかった、漣……」

しゃくりあげる漣の背中を、大きな掌が優しく撫でてくれる。

那淡は、央我に馬車から引きずり降ろされたらしい。少し離れた場所に、ひっくり返っているのが見えた。

「どこにも怪我はないか？」

声が出なくて、ただ必死に首を振る。ちゃんと答えなければと思っているのに、緊張の糸が切れてしまったようで声が出せなかった。

懸命に喋ろうとしている漣に小さく笑い、央我は子供にするようにぽんぽんと背中を叩く。

「お前が無事ならいいんだ。無理に喋らなくていい」

そう言って、央我は漣を抱き上げると、馬繋場のはずれに控えていた雪の背に乗せてくれた。たった今この場に着いたばかりなのだろう、雪の息も少し上がっている。ありがとう、と言って漣は雪の首を撫でた。

「でも、どうして」

何故、央我がここにいるのだろう。

そんな疑問を口にすると、央我は「どうしてもなにも」と首を傾げる。

「こんな衆目のある場所で騒いでいたら嫌でも目につく。漣が絡まれていると、顔見知りの商人や御者がうちまで飛んできて知らせてくれたんだ」

屋敷からここまでは馬を走らせたら数分の距離だ。それでも異様に到着が早い気がする。

ぽん、と優しく漣の背中を叩いて、「さて」と央我が背後を振り返る。まだ状況が掴めず、尻もちをついたまま呆然とこちらを見ている那淡と、馬車の扉からじっとこちらをうかがっていた弐湖は、ぎくりと身を強張らせた。

「この街で白昼堂々俺の恋人を略取しようとは、いい度胸だな」

身形から、央我が相応の地位にある人物だということは想像できたのだろう。二人は目に見えて焦った様子だ。

「……こいつはうちから逃げ出した使用人だ。別に、略取とかそういうんじゃ」

しどろもどろになりながらもどうにか那淡が言い返す。

逃げ出したわけじゃないと反駁しようとした漣より早く、央我が「ああ」と口を開く。

「婚約者だった漣を捨てて、その弟を孕ませたってのは、お前か」

あけすけな言葉に、那淡が絶句する。央我は馬車から顔を覗かせていた弐湖を見て、鼻で笑った。

弐湖の顔が遠目にわかるほどかっと赤くなる。

那淡はうるさい、と喚いた。

「そ、そいつには金がかかってるんだ。それを横取りするなら、俺たちに相応の金を払ってしかるべきなんじゃないのか」

なんとか言い返したつもりの那淡に、央我は不愉快そうに眉を顰めた。

「……どんな僻地から来たか知らんが、人身売買は重罪だということは頭に入っているか？　国府に突き出される覚悟でその言葉を吐いているんだろうな？」

あからさまに馬鹿にした、だが強い口調で央我が言い放つと、那淡は顔面蒼白になり口を閉じた。くすくすと周囲から笑いが漏れる。那淡は顔を赤くしたり青くしたりと忙しなかった。

「ち、違う。そういう意味じゃない。その……そいつを小さい頃から世話してやって、養育するのに金がかかったと、そういう、意味だ。もらい受けるなら、結納金だって……それなのにそいつは育ててやった恩も忘れて逃げ出して」

「逃げ出したんじゃなくて、お前らに追い出されたんだろ。無給で二十歳までこき使っておいて更に金銭の要求までするなんて、お前の家は余程金に困っているんだな？」

小銭でも恵んでやろうか？　と央我が嘲笑《ちょうしょう》すると、那淡は顔をこれ以上ないほど真っ赤にして立ち上がった。

「ば……っ、馬鹿にするなよ！　俺を誰だと思ってるんだ⁉　無礼な口を利くと、うちへ関われないようにしてやるからな！」

「ああ、お前のところは東の山の本陣なんだったか？　問屋場も営んでいて景気がよくてなによりだ。

だが人馬の受け渡しでもたついて、荷を間違えた挙げ句に帳付けの誤りまでごまかして、この間ついに大商家を怒らせたと聞いたが？」

初めて聞く話に、漣は思わず目を瞬く。

那淡は絶句し、わなわなと震えていた。言い返さないところを見ると、事実のようだ。

——ああ、やっぱり俺を取り戻しに来たのは、そういうわけか。

先程ははったりのつもりで言ったことだが、長らく漣が一人で切り盛りしていた問屋場は、やはり混乱しているようだ。そういえば、遅くまで仕事をしていて、明かりの油が勿体ないと何度も怒鳴られたなと思い出す。自分の仕事が遅いのが悪いのだと思っていたが、果たして。

「こんなところで油を売っている場合か？　跡取り様。腐ってもアルファなら、お前が愚図だと罵ったオメガよりうまく仕事をこなせるはずだろうが」

「貴様……！　言わせておけば」

「——やるのか？　喧嘩なら買うぞ」

そう言って右目を眇めた央我に、那淡は怯んで後退《あとずさ》る。戦う前から勝負はあったも同然だった。

歯噛みする那淡に、弐湖が「もういいよ、帰ろ」と焦ったように言う。

那淡は憤然と馬車に乗り込み、御者に「早く出せ！」と怒鳴りつけた。その背中に、央我が「おい」と声をかける。

「——お前の親に言っておけ。二度と漣に関わることは許さんと」

話を聞いているのかいないのか、那淡たちは馬車で走り去っていく。

「……あれは長生きしない馬鹿だな」

ぽつりと央我が呟くと、誰かが「違いねえ」と言って笑い出す。

馬車を見送って呆然としていた漣ははっとして、周囲にぺこぺこと頭を下げた。

「あの、すみません、お騒がせをして」

本当は馬から下りて謝りたかったが、雪に乗った央我に背後から抱きしめられていて叶わない。

雪の上で謝り倒す漣に、御者たちは「いいっていいって」「いい暇潰しだったわ」「央我様、もうちょい早けりゃ満点だったな」と笑ってくれる。

大騒ぎをしてしまったので、彼らの馬は多少興奮気味になっていたのに、皆気にするなと言ってくれた。

「よし、じゃあ帰るか」

手綱を取った央我を、漣は肩越しに振り返る。

「あの、でもどうして……」

「……お前がこんな目に遭うのは想定外だったが、今日は初めから迎えに行くつもりだった。兄さんたちから聞いてたから」

「え？」

問い返せば、央我はなにか言い訳を探すような顔をした。

「取り敢えず、前を向いてろ。舌を噛むぞ」

そういうごまかし方はちょっと狡いんじゃないかと思いながら、素直に口を閉じる。

屋敷までの道中、街の人々に央我は何度も声をかけられていた。恋人との逢瀬かと揶揄う者もいて、央我は否定するでもなく「いいだろ？」と笑っていた。

屋敷に到着した央我は、漣を抱き上げたまま中へと入っていく。

途中祇流に「央我様、まだ仕事が」と声をかけられ「今日はもう休む」とだけ言って自室に戻った。

漣を寝台に座らせ、央我もその隣に腰を下ろす。

「央我様、俺」

「――悪かった」

まだ状況を把握しきれていない漣に、央我は頭を下げる。突然の謝罪に、ますます混乱してしまった。

「どうして謝るんですか……？　助けに来て頂いて、本当に助かりました」

あのままだったら、本当にどうなっていたかわからない。深々と頭を下げれば、そうじゃないと央我が首を振る。

「……避けていて、悪かった」

はっきりと「避けて」いたと言われて、胸が痛む。だが続いたのは意外な科白だった。

「漣が俺の顔なんてもう見たくないんじゃないかと思って、なるべく顔を合わせないように努力していたんだ」

「……は？」

不躾な声を上げてしまったが、訂正している余裕がない。

「なんで……？　逆でしょう？　央我様が俺の顔を見たくなくて、避けていたんでしょう？」

漣の言葉に央我が怪訝な顔をする。

「そんなわけないだろ」

「嘘！」

遮るように否定して、漣は「嘘だ」と繰り返した。

「だって、俺とは絶対に番になりたくないって」

「待て、誰が言ったんだ、そんなこと。俺は絶対に言ってないぞ」

確かに言葉ではっきりとは言っていないかもしれない。でも。

「……発情してたのに、それでも、項は噛んでくれなかったじゃないですか」

言いながら涙が出そうになって、声が震えてしまう。

「わ、わざとじゃなかったです。それは本当です。俺、馬鹿だから油断してて首輪つけるの、うっかり忘れて、でも、抑制剤は飲んでたんです！」

抑制剤は、発情期になる前から欠かさず飲んでいる。だから今まで首輪を外していても事故が起きたことはなかった。

だが状況を見れば、既成事実を作ろうとしたんだろうと咎められても本来は仕方ないことだ。でも本当にわざとではなかったし、発情期になったのも初めてで、まったく状況がわかっていなかった。

「央我様は俺の項を絶対に噛まないようにして、緊急避妊薬も目が覚めたら既に飲んだあとで、丈夫な首輪もつけられてて」

オメガの項を噛む、というのはアルファの基礎本能だ。それを堪えるのは並大抵のことではない。

それほど、漣と番になるのが嫌だったのだろう。

恨み言のように言う漣に、央我は戸惑った顔をしていた。

「それは……当然だろう？　お前が、同意してるようには見えなかった。発情して、わけもわからないまま俺に抱かれて、そんなお前を妊娠させたり番にしたりするわけには、いかないだろう？」

漣のことを、漣の体のことを思ってくれた結果だったのだと言われて、それでも心は納得しきれない。

「それに、泣きながら首を押さえて嫌がったのはお前だろうが」

少し怒ったように言われて、漣は目を瞬く。

「そこまで嫌がられて、できるはずないだろう……！」

まったく身に覚えがなく、困惑する。実際、あのときの記憶はところどころ曖昧だ。申し訳ない、という気持ちと、寂しくて悲しい気持ちは覚えている。あと、央我に抱かれて嬉しいと思ったことも。

「……俺は、央我様が一番、です」

一番大事で、一番好き。

泣きながら伝えると、央我は唐突な告白に戸惑いながらも嬉しそうな表情になる。

「だったらなんの問題が――」

「でも、央我様の一番は俺じゃないから」

多分、央我は漣を大事に思ってくれているだろう。でも、一番じゃない。一番にして欲しいわけでもない。

あの夜の記憶は曖昧だけれど、だから、オメガの発情で央我を意志と関係なく己の番にしてはいけないと思ったに違いなかった。央我と来栖が結ばれることはない。だけど。

「央我様には、本当に一番大好きになった人と、番になって、家庭を作って欲しいから」

漣は両腕で央我の胸を押した。

央我は目を瞠り、それからみるみる顔色を悪くする。

「俺が兄上をそういう意味で好きだと、まだ思っていたのか？」

「……なんですか、それ」

ずっとそう言って予防線を張っていたのは央我のほうだ。頃合いを見て恋人のふりをやめたら、次の仕事先は斡旋《あっせん》するから安心しろと言ったのは、央我だ。

まるで、一方的に漣が勘違いをしているような言い方は納得いかない。

「だって、そう言ってたじゃないですか。だから『偽物の番候補』の俺が必要だったんでしょう？」

「いや、確かに……そう言ったが」

「それに、来栖様のご懐妊がわかって、すごく、傷ついていたくせに！」

あの日、央我は傍目《はため》にわかるほどに呆然としていた。夜になってもずっとぼんやりしていて、だから自分は、鎮静作用があるというお茶を同僚に作ってもらって、央我のもとを訪れたのだ。慰めたいと、心から願ったのだ。

だが、この期に及んで央我は否定する。

「俺はあのとき、傷ついてなんていなかった」

「嘘です！　あんなにぼんやりして……！」

「それは、だから……傷ついていない自分に、驚いたんだ」

どう説明したものか、という顔をして、央我が口を開く。

「結婚するのだから、いずれそうなるだろうと思っていた。きっと、自分は失恋する以上に立ち直れないと……でも実際、兄上の懐妊がわかっても、ただ祝う気持ちしかなくて」

とっくに、兄に対する気持ちが恋ではなくなっていたことに気づいた。兄の妊娠で、うっすらと感じていた心の変化を、確信したのだと。

「お前に、兄上の額に口付けたのを見られたときには、もううっすら心が変化し始めていたことがわかってた」

じゃあどうして漣を傍に置いて、恋人ごっこを続けていたのか。

「……兄上の代わりじゃない、目眩しでもない。俺はただ、なにか言い訳をしてでも、漣を傍に置いていたかったんだ」

「……え……？」

まるで、央我が漣が彼を想うように、漣を好きでいてくれている、という言葉に聞こえる。

そんな都合のいい話があるわけがないとすぐに思い直し「嘘」と言った。

「央我様だって、言ったじゃないですか。俺が、俺の顔が来栖様に似てるって。だから『代わりに』連れてきたんでしょう？」

屋敷の皆も、「結婚してしまう大好きなお兄さんにそっくりなオメガを連れてきた」と認識していたほどだ。

「違う、逆だ！」

「逆？」

「……本当は、最初は、お前があまりに兄上に似すぎているから、関わるつもりはなかったんだ」

顔の似た別人を傍に置いておけば辛く虚しくなることなど、央我は百も承知だった。

だが、愛する兄とそっくりなオメガが、一文無しで追い出され、オメガだというのに行くあてもないなどという話を聞いて、捨て置くこともできなかったという。

生い立ちを聞いてますます腹が立ち、やっぱり連れ去って正解だったと思ったらしい。

「別人とわかっていても、兄に似たオメガがどこの誰とも知れないやつらに犯され捨てられるだなんて想像しただけで腸《はらわた》が煮えくり返ったし、自分を大事にしないお前にも腹が立ったんだ」

「いや、別に犯されて捨てられるって決まってたわけじゃ」

「決まってる。オメガなだけでなく、そんな可愛い顔をしてるんだ」

面と向かって「可愛い」などと言われて、不意打ちに赤面する。だが、すぐに我に返った。

「……来栖様と、似てるからでしょう？」

「俺は、お前を可愛いと言っているんだが」

「だから……――」

いつまでも平行線になりそうな会話だったが、央我は漣を抱き寄せて口付けることで強引に反駁を封じた。

「っ、ん……」

胸を押し返して抵抗しているのに、びくともしない。口の中を舐められて、舌を吸われて、体から力が抜ける。

狡い、と責めれば、そうだな、と肯定が返ってきた。

「お前が大事だ」

でも、と反駁しそうになった漣に再び央我が口付ける。

「……誰よりも、漣が、一番大事だ」

愛しい気持ちと、辛い気持ちが同時に湧き上がってきて、涙が溢れる。ひく、としゃくりあげると、央我が戸惑うようにそっと唇を離した。

「……嫌なのか」

そういう言い方は狡い。そう訊かれれば、自分は首を横に振ることしかできない。

央我が小さく安堵の息を吐く。

「ならば、どうして泣く？」

少し困った様子で、優しい声で訊ねられて、漣は顔を上げた。

「好き」

真っ直ぐな告白に、央我が瞠目する。

「……好き……」

もう一度言って、央我の胸に顔を埋めた。戸惑うように央我が息を詰め、優しく漣の頭を撫でてくれる。央我の胸から、彼の心臓の鼓動が伝った。

漣、と名前を呼ばれて、肩が震える。

「……好きだ。はっきり言わず、傷つけて泣かせてすまなかった」

唇を嚙み、胸に顔を押し付けたまま首を横に振る。

「見捨てないでくれ。許してくれ。……もう泣かさないから。兄上の代わりなんかじゃない、漣を大事にするから」

子供をあやすような優しい声音で言いながら、央我が漣の背中を優しく撫でた。

「お前が、好きだ」

黙り込んだ漣に、央我は少し焦った様子で「駄目か？」「漣？」「嘘じゃないから、許してくれ」と呼びかけてくる。

別に許すも許さないもないけれど、必死に宥めて機嫌を取ってくれる声が心地よくて、もう少しなにか言って欲しいので黙っていた。

漣、と焦れたように何度目か呼ばれて、そっと顔を上げる。じっと見つめていたら、ねだったつもりはなかったけれど、優しい唇にそっと口付けられた。

頼馬と来栖の結婚式は、年が明けて春に執り行われた。漣が央我と出会ってから、もう一年が経過していた。

あのときと同じような、天気のいいあたたかな日だ。同じように花嫁のオメガが妊娠もしている。

でも今日は、辛い気持ちはまったくない。辛くも悲しくもないのに、涙が出るのは、皆が幸せそうに笑っているからかもしれない。

「……おい、拭け」

既に自分の手巾をぐっしょりと濡らしていた漣に、央我が自分のものを寄越してくれる。

花嫁——来栖が綺麗で、幸せそうで感動してしまう。そして、明日から屋敷の中に来栖を見ることがなくなるのだと思うと、寂しさが胸に去来するのだ。そういう感情を抱いているのは他の使用人も同じで、ベータとオメガに関わらず、ぐすぐすと鼻を啜っている者は多い。

来栖のおしめを替えたこともあるという年配の使用人たちは、あの病弱だった坊ちゃんが立派に、お綺麗になってと号泣していた。

「まったく、どいつもこいつも泣きすぎだろう」

目元を擦られて、漣は「だって」と言いながらしゃくりあげる。央我は苦笑して、漣の頭を撫でた。

来賓の相手をしていた来栖が、こちらに気づき「おーい」と手を振りながら駆け寄ってくる。傍らに控えていた新郎の頼馬も、ぎょっとして走り出した。

「来栖様！　走らないでください！」

慌てて漣のほうから駆け寄る。もう安定期に入ったとはいえ、油断はできない。

「大丈夫だってば。……わ、目が真っ赤だね」

「あ、す、すみません、みっともなくて」

涙の止まらない目元を擦ると、来栖は相好を崩し、漣に抱きついてきた。

「あー、可愛いなぁ、僕の弟」

よしよし、と頭を撫でられて、色々な意味で恥ずかしくなり、漣は赤面する。そうこうしているうちに、央我に肩を抱き寄せられ、無理矢理引き離された。

「あなたの弟は俺ですよ、兄上」

どちらへのやきもちかわからないことを言った央我に、漣と来栖は顔を見合わせて笑った。

「嫉妬深いのは嫌われるよ？　央我」

「それくらいじゃないと、こいつには通じないので」

央我がしれっと答える。来栖ははいはいと流して、漣に向き合った。

「漣。はいこれ、あげる」

そう言って渡されたのは、花嫁が持つ小さな花束だった。春の花でまとめられたそれは、一年ほど前に弟からもらったものよりも、優しい色合いだった。

「次は、漣の番だね。……幸せになって」

弟に言われたのと似た言葉だったが、自分を取り巻く環境も、込められた気持ちも、なにもかもが違っている。

なによりも、来栖が本当に漣のことを思ってくれているのがわかって、一度は引いた涙がまた溢れ出してくる。

あらら、と来栖が笑った。花束に顔を埋めて泣いていたら、央我が優しく漣の頭を抱き寄せた。

「大丈夫。俺が幸せにしますから」

「っ、央我様……っ」

臆面《おくめん》もなく宣言した央我に慌てていると、来栖はきょとんと目を丸くして、それから吹き出した。

「そっか。頑張って」

じゃあね、と来栖は頼馬と手を繋いで人の輪の中に戻っていく。

赤面したまま、漣は傍らの央我を見上げた。

「俺たちは、いつにする？」

「し、知りませんっ」

そんなのは自分たちの一存で決められることでもないし、まだ正式に婚約だってしていないのだ。

央我は笑って、漣の腰を抱き寄せる。来栖からもらった花束の陰で、強引に唇を奪われてしまった。

他の誰にも、代わりはできない

CROSS NOVELS

腕の中で眠る恋人を眺めながら、央我《おうが》は目を細める。

央我の恋人――漣《れん》は非常に働き者で、いつも夜明けとともに目が覚めるたちだ。だが、今日は太陽が昇る時間をとうに過ぎてなお、央我の腕の中でぐっすりと眠っている。

さすがの漣も、空が白み始める頃まで抱かれては、いつも通りの起床とはいかないようだ。

漣本人の寝間着は昨晩汚してしまったので、央我のものを上だけ着せてやったのだが、寸法が大きすぎるため開いた胸元が艶《なまめ》かしくてつい見入ってしまう。

「ん……」

窓から差し込む光に微かに眉を顰《ひそ》めて、漣は央我の胸元に鼻先を擦り寄せる。その仕種と、微かに背を丸めたせいで晒された歯型の付いた項《うなじ》、ふわりと香る甘い匂いに、愛しさが込み上げてきて央我は息を詰めた。

この匂いは、漣のものだ。それは所謂《いわゆる》「番《つがい》」に対して香るものであり、けれど漣は正式に番になる前から、この匂いを身に纏わせていた。

無防備な香りにどぎまぎしたし、もし央我以外にもこの匂いを感じる者がいたら――とやきもきしていたのが懐かしい。結局、発情期以外に彼のこの匂いを察知できているのは己だけだと、後に知るのだが。

――……『運命の番』なんて、お伽噺の中の話だと思っていた。

そういうこともあるのかもしれない、と漣に出会ってから思うようになった。漣もまた、央我から他とは違う甘い匂いを感じていたのだ。

自分たちの間だけで介在する甘やかな香りも、触れたら静電気のようなものが走ったときも、色々察する要素はあったけれど、なによりもこうして離れがたいと思うことそのものが、央我にとっては証明のようなものだった。

「……漣」

そっと名前を呼ぶと、漣が微かに伏せた睫毛《まつげ》を震わせた。けれど覚醒に至ったわけではないらしく、また穏やかな寝息を立てる。けれど、ほんの少し頬を緩めた気がした。

もっと寝かせてやりたい、という気持ちと、その瞳に早く映して欲しい、という気持ちが拮抗《きっこう》する。

「漣」

白く滑らかな頬をそっと指で撫でてみるが、それでも起きない。擽ったそうに首を竦め、央我の腕の中に逃げ込んできた。

――起きているときは、絶対やらないのにな。

もともとの育ちに加え、使用人と雇用主という関係だったこともあり、婚約してからそれなりに時間が経過しているというのに漣は遠慮がちだ。

今は正式な婚約者となり、番にもなっているので、以前と同じ仕事ではなく央我の側近としての仕事を担うようになっている。元婚約者とその家にこき使われていたせいだということには腸《はらわた》が煮えくり返りそうになるのだが、漣は教えるまでもなく色々なことができ、周囲からの評判も上々だ。当然、この街にも家業の顧客にも、漣を軽んじる者などいない。

使用人たちもそんな漣を「奥様」として扱おうとしたこともあったが、漣があまりに恐縮するもので結局来賓がある場合を除いてはあまり態度を変えないことに落ち着いたらしく、漣も元同僚たちに今も気安く接している。

——そういうところも、好ましい……が。

昨晩央我が着せた、漣の寝間着の襟の釦《ぼたん》をひとつ、ふたつ、外す。

——どうにも、俺は嫉妬深いな。

首輪の周辺には、昨晩央我が噛んだり吸ったりした痕がいくつもついていた。とうに番契約はしているのに、まだ足りない、もっと漣が欲しいと訴えるような剝き出しの己の欲望に、覚えず苦笑する。番契約はともかく、子作りは諸々の事情でまだしていなかった。だからというわけではないが、漣は俺のものだと訴えかけるように漣の肌に歯を立ててしまう。アルファの本能だというには、少々度がすぎている自覚はあった。漣がまた健気に受け止めてくれるものだから調子に乗ってしまう。

「……ん……」

触れるだけの口付けをしながら、寝間着の裾《すそ》をめくって、剝き出しの脚に触れた。華奢《きゃしゃ》な腰を撫でると、漣は微かに身を震わせる。

「んぅ……」

昨晩央我を受け入れていた場所はまだ柔らかく、濡れている。指を入れると、あっさりと呑み込んでしまった。

両腕に恋人を抱きかかえたまま、体勢を入れ替える。仰向けになった央我の上に、漣が乗っかる格好になった。漣は一瞬眉を顰めたが、央我の広い胸元にまるで赤ん坊のように頰を擦り付ける。

「……漣、そろそろ起きたほうがいいんじゃないのか」

そう声をかけながらも、漣の中に入れていた指を増やす。指が中を擦る度に、漣は小さく体を震わせていた。

「——っ、あ⁉」

感じるところをぐっと押してしまったせいで、びくっと体を揺らして漣が起きてしまう。

自分の身になにが起きているのかまだ判然としないのだろう、至近距離にある央我の顔に気づいて、目をぱちぱちさせていた。

「おはよう、漣」

「お、おはようございます……？」

央我の体の上に乗っている漣の太腿《ふともも》を撫でるように開かせて、もう固くなっていた自分のものを軽く擦り付ける。

「……っ⁉」

ようやく状況を察したらしい漣が、腰を反らして微かに身を起こした。

「お、央我様っ」

真っ赤になりながら小声で怒る漣に、央我は笑ってもう一度腰を押し付けた。ひくっと喉を鳴らして身を竦め、漣が涙目になる。

「な、なにして……っ」

「寝込みを襲ってる」

見たままのことを言った央我に、漣は更に頬を紅潮させて絶句した。

なんでどうして、という顔をして混乱している恋人の小さな尻を摑む。

「駄目か？」

「だ……」

言いながら腰を擦り付けると、漣はますます真っ赤になった。

「朝だから、少しだけにする」

「そ、そんなこと言って、ゆうべだって……」

そこまで言って、昨晩のあれこれを思い出したのか、漣は羞恥と興奮に目を潤ませた。

寝ている間にいたずらされていたせいで、漣の体は本人が戸惑うほど敏感になっている。軽く擦ると、漣は唇を震わせて央我の胸に顔を埋めた。

「一回だけだ。……漣」

耳元で囁くと、漣が小さく息を呑む気配がする。そうして、数秒黙り込んだのち、消え入りそうな声で「あまり激しくしないで」という可愛らしい要求があった。

それは逆効果だぞと思いながら、指を入れていた場所を軽く広げて、己の性器をゆっくりと押し当てる。

「……あ……っ」

喘ぎなのか吐息なのかわからない声を漣が漏らしたのと同時に——。

「おじうえー！　れんーっ！」

どんどん、と扉を叩く音に二人揃ってびくっと体を強張らせた。

「あさですよー！　おねぼうさんはどこですかー！」

扉を叩き続ける幼い声に、央我と漣は顔を見合わせる。それから数秒して、ばたばたと足音が近づいてくる気配があった。

「詩紋《しもん》様、央我様と漣様はまだおやすみで」

少々焦った様子の筆頭家令、祇流《かみる》の声に、幼い声は不満の声をあげる。

「もうあさだもん。おそくまでねてちゃだめなんだよ。れんー！　れん、おはよー！」

「あの、詩紋様、少しお待ちください」

幼い声にそう応えてしまった漣に、思わず「おい」と不満を漏らすと、「だって無視なんてできません」と言われる。

まあ確かに、可愛い甥——兄の来栖《くりす》と幼馴染みの頼馬《らいま》の間に生まれた一人息子の詩紋は、央我自身も可愛がっているし、無下にはできないが。

——だがこの状況で……。

「とにかく、一度ご挨拶だけしますから」

そう言って央我の胸を押し返して寝台を下り、止める間もなく漣は扉のほうへと行ってしまった。

漣が扉を開けると、大好きな漣に会えた詩紋がぱあっと笑顔になったのが見える。そして背後に控えていた祇流は、一瞬ぎょっとした顔をして、それからすっとなんでもない表情を作った。さすが筆頭家令だ。

「おはよー、れん！」

「おはようございます、詩紋様」

ぴょんと飛び上がって、詩紋が身を屈めた漣にしがみつく。それを両腕で抱き上げて、漣は詩紋の唇を頬で受け止めていた。

「おねぼうさんは、だーれだ？」

「俺と央我様ですね、ごめんなさい」

きゃっきゃとそんな会話をしている二人を眺めつつ、央我は祇流に視線を移す。祇流は無表情のまま、詫びの会釈を寄越した。

兄と――ひいては漣と顔の似ている大変可愛らしい甥っ子は今年で三つになるが、アルファの幼児らしく達者に喋る。

――……これもわざとじゃないのか……と思うが、まあそれは穿ち過ぎか？

無邪気な様子で笑っている詩紋を見ながら、まだ若干臨戦態勢のままの下肢をどうにか鎮める。

央我と漣に甥っ子がなついているのは、兄の来栖の産後の肥立《ひだ》ちが悪く、よく漣が面倒を見ていたからだ。

兄と詩紋の世話を買って出たのは漣で、乳母を用意する案も当初は出ていたのだが、漣のほうが兄も安心するからということで、頼む格好になった。

そのことと、家業である貿易の大きな取引が転がり込んできたことが重なって、正式な結婚と子作りは先送りとなっている現状だ。

——漣が既に、仕事上でなくてはならない存在になっているから……甘えてしまっているな。

本人は当初「自分は年増だ」などと言っていたが、こちらの価値観に馴染み、子作りには焦っていないと言っている。

それが本当に本心なのかは情けないことに判断がつかなくて、けれどその言葉に甘えて、時機を調整させてもらっていた。今年の年末には父が一度戻ってくるので、それに合わせて結婚をし、父が一旦戻れば多少仕事に隙間ができるので、子作りはそこでという話にはなっている。

「支度してから参りますので、先に一階に下りていてくださいますか？」

「うん、わかったー。じゃあまたあとでね！　いっしょにごはんたべよ！」

漣の腕から下りて、詩紋は漣と央我に可愛らしく手を振り、祇流に手を引かれて部屋を出ていった。

どちらからともなく息を吐いて、顔を見合わせて笑う。

「……起きましょうか？」

「仕方がないな」

続きをする気も殺がれて、やれやれ、と言いながら央我は身を起こした。

「ああ、それから」

「はい？」

振り返った漣に、央我は自分の胸元を指で指し示す。

「ちゃんと首元が閉じる服を選んだほうがいいぞ。まあ、俺は全然構わないが」

央我の言葉に漣は首を傾げ、それから自分の胸元を見る。

もともと央我の服では寸法が大きく、胸元が開き気味だったのに、央我が釦を少し外していたせいで、彼の襟は大きくはだけていた。そこには昨晩、央我が付けた痕がわかりやすく点在している。詩紋は意味がわからなかっただろうが、祇流が表情を変えてしまったのはそのせいだ。

やっと自分がどんな格好をしているのかを自覚した漣は首元まで真っ赤になる。

「い、言ってくださいよ……それならそうと……」

「言う間もなく扉を開けたのはお前だろ」

「お……央我様の馬鹿ーっ！」


遅い朝食は昼食と兼用となり、中庭でとることになった。庭には机や椅子も用意されているのだが、芝に厚手の布を引いて車座で料理を囲む。

そこに兄夫婦も参加して、昼宴会というか、野遊びのような雰囲気になった。

軽食で腹を満たし、まだ食事をしていた漣の膝の上に頭を乗せて寝転がる。見下ろした漣の瞳と視線が合った。

「まだ怒っているか？」

「……怒ってないです、もともとは、俺の不注意ですし……」

怒っているというより、恥ずかしさと気まずさに襲われていたのだろうことはわかっていた。そうかと笑うと、漣もはにかむ。

二人きりなら唇を奪っているのにな、とぼんやりしていたら、ごつんと頭になにかがぶつかった。

「れんのおひざ、ぼくの！」

どうやら膝の所有権を主張する詩紋が、無理矢理漣の膝に頭を乗せたために頭突きをされたらしい。

「いや、漣の膝は俺のだぞ」

「ぼくのだもん！」

「いや、二人とも、漣の膝は漣のだからね？」

そう執り成した兄の言葉と漣の苦笑は、横に置いておくことにする。

「ぼくのだもん！　ぼくのほうがれんのことすきだもんー！」

「俺のほうが上だ、残念ながら」

いくら可愛い甥でも、そこは笑って見過ごしてやることはできない。

普段は割となんでも言うことを聞いて甘やかしてくれる叔父が、こと漣に関しては譲らないのを知っているくせに、詩紋は果敢に恋敵《こいがたき》として挑んでくるのだ。今日こそは、と思うようだが、詩紋が勝ち星を挙げることは生憎《あいにく》この先もない。

目を潤ませながら、詩紋が拳を握る。

「じゃあ、じゃあおじうえはいつかられんのことがすき？　ぼく、きのうよりまえから、ずっとずーっと、れんのことすきだもん！」

「昨日より前」以上の「昔」の表現を知らないらしい詩紋の、「最大限の長さ」の表現に、周囲が微笑ましさにくすくす笑う。詩紋がむきになって「ちいさいころからずっとすきだもん！」と、まだ小さいくせに言うもので、大人たちはますます笑いを深めた。

いつから漣を好きだったのか。

そういった質問は、実のところ今まで漣を除く色々な相手に訊かれたけれど、央我にも曖昧だ。

央我は幼い頃から長いこと、兄の来栖に恋をしていた。同じ母親の腹から生まれた実の兄に、劣情を抱いていたのだ。

その気持ちが報われないということはとっくに知っていたし、兄に伝えるつもりも、道ならぬ恋を実らせるつもりも、央我にはなかった。

幼馴染みである頼馬と兄が付き合い始めたときも、邪魔するつもりなど微塵《みじん》もなかった。二人が手を繋ぎ、口付け、そして抱き合ったと知ったときも嫉妬はしたが、だからといって移すべき行動もなかった。

二人が結婚すると報告してきたときも、ちゃんと祝福できた。

けれど、婚約の儀が終わった日、央我は逃げ出してしまったのだ。

自分でも、何故そんな行動をとったのかわからず混乱した覚えがある。頼馬は誠実な男であったし、彼が兄に手を出した時点で、二人がいずれ結婚するだろうというのもわかっていたはずなのに、気づいたら愛馬に乗って街を離れていたのだ。

あてもなく愛馬を走らせ、馴染みのない遠い土地で、破れた恋に涙を流した。——そこで、漣と出会ったのだ。

——あのときは、本当に……心底驚いた。

遠い地まで逃げたはずなのに、兄と同じ顔が覗き込んできた。一瞬、兄の白昼夢を見ているのかと思ったほどだ。

なにより、本来なら発情期にしか香らないはずの甘い匂いが、漣からほんのり漂ってきていたのだ。

——本能が、手放してはいけない相手だと言っているようだった。

だが、失恋したばかりの央我の頭はそれを必死に否定した。失恋した兄と同じ顔だなんて、冗談ではない。甘い匂いは、周囲にある花の匂いに違いないと。しかも、漣もまた花嫁の持つ花束を手に持っていて、こいつも人のものかと絶望的な気分にうちのめされた。それはすぐに勘違いだとわかったけれど、兄と同じ顔を見ているのが辛くて、早くその場を離れなければと思ったのだ。

だが、事情を聞いたらオメガに対してとんでもない差別的な地域で搾取《さくしゅ》され続け、弟に婚約者を寝取られた挙げ句に住み込みで働いていた場所を追い出され文無しで宿無し、とあっけらかんと話すので絶句した。

無論、兄と顔が似ていようがいまいがそんな青年を見捨てられるわけがない。加えて、兄とそっくりな可愛く美しい顔をしたオメガの漣がこのままではろくな目に遭わないのは明白で、結局見捨てられるはずもなく、拾ってしまったのだった。

「おじうえ」

答えない叔父をじっと詩紋が見つめる。

央我は大人げなく「お前が生まれるより前だ」と言ってやった。

詩紋はきょとんとして、それからぴゃっと泣き出した。負けを悟ったらしい。

「れ〜ん〜！」

だがちゃっかり漣に取り縋って泣き始められたので、結局膝を奪われた。一勝一敗である。

「……大人げないんですから」

そう言って少し照れたように笑い、漣は詩紋を抱いて立ち上がる。漣は首筋まで染まるほど、真っ赤だ。

ぽんぽんと赤ん坊にするように詩紋の背中を叩きながら、漣は詩紋の母親である来栖とともに、庭の散策に行ってしまった。大好きな母親と漣が一緒で、詩紋のご機嫌はたちまち直った様子だ。

やれやれ、と央我は寝転がる。

そこに、祇流が敷物を丸めたものなどを枕代わりに置いてくれた。

「なににせよ、あまり遅い起床になるようなご無体は、頻繁《ひんぱん》には強《し》いられませぬよう」

ちくりと祇流に苦言を呈され、央我は気まずく眉根を寄せる。

漣を連れ帰ったとき、誰もが央我を問い質すような目で見ていたのが思い出された。

「無体など強いてないぞ」

「それでも、朝にはちゃんと起きられる程度になさいませ。あの子は、寝坊すると気に病みますから」

確かにその通りなので、央我は大人しく口を噤む。ふ、と隣に座る幼馴染みで兄婿《あにむこ》の頼馬が笑った。

「ちゃんと愛を育んでいるようでなによりだ」

頼馬も当初は、同じく微妙な顔で漣と央我を見比べていた。彼が直接指摘したことはないけれど、幼馴染みなのだから、央我の兄に対する行き過ぎた愛情には気がついていただろう。

「当然だろ」

「そうはっきり言ってくれて安心だよ。……なにせ、第一印象がな」

ぐっと言葉に詰まりながらも、央我は顔を顰めた。

「だから……元から他意はなかったんだ。本当に」

「まあ、話をうかがえば、捨て置くわけには参りませんものね。ここに来たばかりの漣は痩《や》せていて顔色も悪く、言うことなすこと寝る間もなくこき使われていたのがありありとわかりましたから」

「そうだろう？」

「ですけど、第一印象がねえ……」

頼馬と同じことを言う祇流に、閉口する。

「こうして見ると、本当にご兄弟のようにそっくりですからね。お二人とも」

漣を連れて帰ったときは、まさに針《はり》の筵《むしろ》だった。

使用人たちも友人たちも、央我がちょっと度を越した兄弟愛を来栖に対して抱いているのを知っていたので、兄と顔のそっくりな漣を見て「顔が似ている漣を、来栖の代わりに？」という非難めいた目を揃いも揃って向けてきたものだ。

当初はなにも知らない漣に対してただ同情的だった彼らは、漣のひどい生い立ちや、働き者で控えめな性格に更に同情を深め、顔を合わせる度にやたらと「こうなってしまったものは仕方ないですが、せめて大事にしてあげてくださいよ」「漣が納得していて、漣を幸せにできるならまあいいですけど」「傷つけたら、使用人が黙っちゃいませんからそのおつもりで」と言ってくるようになった。

――そういう振る舞いを確かに許してはいるが、一応雇用主に対して、うちの使用人は忌憚《きたん》も遠慮もない……。

使用人の央我に対する態度が緩和したのも、この一年くらいのことだ。やっと漣を身代わりにしているわけではない、と納得してもらえたようである。

「詩紋じゃあないが、じゃあいつから恋愛になったんだ」

「……いつからって……」

最初から意識はしていた。なにせ、今までどんなオメガにも感じたことがない、甘い匂いを漣は感じさせるのだ。馴染みのない土地へ愛馬を走らせたのも、運命のようなものに導かれたのでは、などと言ったら調子がいいと呆れられるだろうか。

――だが明確に自覚したのはいつかと言われれば、眠る兄の額にこっそりと口付けたときだ。

央我は兄に恋心を抱いてから、幾度かそういった行動をとっていた。眠る兄に口づける度いつも、愛しくて、苦しくて、虚しくて、辛かった。

兄を誰よりも愛していた。他の誰にも奪われたくないほどに。心も、なにもかも全て、兄に捧げたいと願っていた。

けれどあのとき、そんな気持ちをもう兄に抱いていないと悟ったのだ。

漣といることで、心を砕く比重が兄から漣に変わっていくのがなんとなくわかっていた。心変わりをするなんて、思ってもいない。けれど薄々感じていた兄への恋慕の終わりを、口付けてなんの感情も生まれないことで、はっきりと自覚した。

――それなのに、よりによってそれを漣に見られて……心底焦ったな、あのときは。

焦って言い訳をしたくて、必死になりすぎて却って怖がらせてしまった。

それから、兄や周囲に誤解されているのをいいことに、本人にも恋人のふりをしてくれなどと白々しく頼み込み、ゆっくり漣を落としていこうと少々姑息《こそく》な画策をしたのだった。

――それでまた、泣かせることになったが……。

寝台の上以外で泣かせるつもりなどないのに、と小さく息を吐く。今も時折泣かせてしまうことがあって、反省することも多い。

「……――まあ、いいだろ。いつからでも」

細かく言うのも憚《はばか》られ、央我はそう言うにとどめた。

「それはまあ、そうだが」

「仲間を大事にしてくださるのであれば、時期は関係ございません」

再びちくりと刺した祇流に苦笑しながら、漣と来栖、詩紋を見やる。三人が振り返り、こちらに向かって手を振った。

漣に抱かれて少々得意げな顔をしている甥に央我は苦笑する。

漣に子供ができたら、本格的に臍を曲げるのではないだろうか。それを嫉妬の対象だと理解するのはもう少し先の話か。

「その前に結婚式だな」

ぽつりと呟いた央我に、頼馬と祇流が目を瞬く。

「甥っ子の恋心は、俺が責任を持って完膚《かんぷ》なきまでに叩き潰してやろう。漣は俺のだ」

笑いながら言うと、頼馬は恐らく息子に同情しながらも、「ちゃんと愛を育んでいるようでなによりだ」と先程と同じ科白を口にした。

はじめまして、こんにちは。栗城偲《くりきしのぶ》と申します。『無用のオメガは代わりもできない』をお手に取って頂きましてありがとうございました。

この本は、実は二〇二〇年発行の予定でした。諸般の事情で遅れに遅れ、二年越しにやっと発売することが出来まして、やっと肩の荷がおりたという感じです。担当さんとも何度か「やっと出せそうですね」という会話をかわしました。

楽しんで頂けましたら幸いです。

この本には主人公の弟夫婦（元婚約者と弟）という悪役がいるのですが、割とどんなキャラでも「憎めないっす」という度量の担当さんが「栗城先生の本で唯一嫌いなやつらですね」と言っていたのでちょっと笑ってしまいました。

ちょっとわかりにくい感じになっちゃったかもしれないのですが、主人公がやけに虐げられてたのはオメガだからというよりも（勿論特段差別的な地域ではあるのですが）弟が上手に（上手にというのがポイント）仕事の功績を掠め取っていたからです。なので、主人公は故郷では「ただでさ

あとがき

え使えないオメガなのに、サボり癖があって弟に仕事を押し付けている」と思われています。うむ、書いていて腹が立ってきました（笑）。書いている私がこうなので、これを本文に仔細に取り入れてしまうと、もうBLどころじゃなくなるのでさらっと間接的に書いた次第です。

見ている人はちゃんと見ている、という世界もありますが、結局わかりやすく目立つ動きをする子だけが目に入るのも世の常……女将さんだけわかってても、周囲にその評価が影響しないなら、まああんまり意味はないですよねっていう。かえって「上に取り入るのだけは上手い」なんて言われちゃったりしてしまう。

あの後あいつらがどうなるかというと、現役の女将さんもいるし、一応腐ってもアルファなので家業は残念ながら（？）十年くらいでそこそこ盛り返すのではないかと思います。失った信用は取り戻せないので、そこそこ、の盛り返しですが。元婚約者はその十年の間に何度か未練がましく主人公の様子を見に来るかも知れません。逃した魚は大きい……。

弟のほうはあのまま我儘に、可哀想で可愛い僕ムーブで生きていく気がします。微妙に使えないけど文句は人一倍多い若女将。

イラストは野木薫《のぎかおる》先生に描いて頂きました。

繊細なイラストで漣《れん》や央我《おうが》を美しく描いて頂けて、お伽噺の表紙と挿画のようで、とても可愛い本にして頂いたなぁ、とにっこり眺めております。

受け二人の双子コーデ状態のイラストが、お人形さんみたいで可愛くて好きです。そりゃあこんなに可愛い二人が並んでたら、攻め（アルファ）二人もメロメロになるし、心配するってもんです。いやあ可愛い。よしよししたい。

この本が出たのも、野木先生のおかげです。お忙しいところ、本当にありがとうございました。

改めまして、この本をお手に取って頂いて本当にありがとうございました。

二〇二二年になっても、まだまだ以前のように安心して遊びに出られる雰囲気ではありませんが、どうにかストレスを溜めずに逃し、上手におうち時間を過ごして参りましょう。

あとがき

お部屋などでの憩いのひとときに、この本を開いて楽しんで頂ければ嬉しい限りです。
こんなご時世ですが、皆様どうぞ、お体おいといください。
ではまた、どこかでお目にかかれますように。

栗城 偲

Twitter：@shinobu_krk

CROSS NOVELS をお買い上げいただき
ありがとうございます。
この本を読んだご意見・ご感想をお寄せください。
〒110-8625
東京都台東区東上野 2-8-7　笠倉出版社
CROSS NOVELS 編集部
「栗城 偲先生」係／「野木 薫先生」係

CROSS NOVELS

無用のオメガは代わりもできない

著者
栗城 偲

2022年1月23日　初版発行　検印廃止

発行者　笠倉伸夫
発行所　株式会社　笠倉出版社
〒110-8625　東京都台東区東上野 2-8-7　笠倉ビル
[営業] TEL　0120-984-164
FAX　03-4355-1109
[編集] TEL　03-4355-1103
FAX　03-5846-3493
http://www.kasakura.co.jp/
振替口座　00130-9-75686
印刷　株式会社　光邦
装丁　河野直子（kawanote）
ISBN 978-4-7730-6324-0
Printed in Japan

CROSS NOVELS